C000170962

LE PORTEUR D'OMBRE

Yves Bichet est né en 1951 dans l'Isère. Il se partage entre l'écriture et la construction de maisons en pierre à l'ancienne. D'abord auteur de poésie (*Le Rêve de Marie*, 1995, ou *Clémence*, 1999), il se consacre au roman à partir de 1994 (*La Part animale*, roman adapté au cinéma par Sébastien Jaudeau). Yves Bichet est également scénariste.

Paru dans Le Livre de Poche :

La Papesse Jeanne

YVES BICHET

Le Porteur d'ombre

ROMAN

FAYARD

© Librairie Arthème Fayard, 2007.
ISBN : 978-2-253-11868-8 – 1re publication LGF

« C'étaient de très grands vents sur toute face de ce monde.
De très grands vents en liesse… »

Saint-John Perse.

1

9 octobre 2003. Le vol Air France 897 quitte Brazzaville (Congo) pour Paris. Un passager clandestin s'est caché dans le train d'atterrissage. Il est 20 h 22. À Roissy, le lendemain, gendarmes, policiers et SMUR attendent sur le tarmac. Le corps congelé d'un garçon d'environ 16 ans est extrait de l'avion. Selon Air France, le commandant de bord, prévenu 1 h 20 après le décollage de la « présence éventuelle d'un clandestin », a poursuivi son vol.

Les syndicats ont exigé de la direction des explications. En vain.

Une enquête est en cours.

Libération, 25 octobre 2003.

2

De l'herbe rase, un sentier, un ciel bleu sombre. Un sommet à fixer. Au bout de cette mire, une croix, peut-être une balise de géographe qui par moments brille dans le soleil. Léandra monte sur le plateau, attelée à sa propre respiration, aux muscles de ses cuisses, au moindre souffle de vent. Les muscles résistent, la chaleur est harassante. Elle avance avec son fardeau sur les épaules, un petit tas de chair endormie qui ballotte, ne se pose pas de question. Vie confiante, paupières closes. Elle marche mécaniquement, en pensant à la Villa Étincelle qu'elle va devoir quitter. Elle se demande une nouvelle fois ce qu'elle fiche sur cette montagne aride, regarde le paysage en plissant des yeux, hésite, décide de s'arrêter à l'écart du sentier, sur un caillou plat et lisse, brûlant. Elle tord le dos, parvient à glisser la main dans la couche-culotte de la fillette, sans dégrafer le sac, et vérifie. Sec… Enfin, presque sec… Potelé, mouillé de transpiration. Elle passe les doigts sous son nez. C'est frais et ça sent bon, délicieusement bon. Devant un tel parfum de peau neuve, de plis, de sueur à goût de lait, on a envie de bénir ciel et terre, tout reprendre à zéro.

Elle va devoir laisser son travail à cause de ces moments qui la comblent avec Alice mais qui l'éreintent avec les vieux. Elle ne remerciera pas, avancera seulement vers un peu plus de lumière. Elle aime caresser ces visages, ces silhouettes qui marchent à reculons, incarnant le fonds commun de l'humanité, sa dégradation poignante et inéluctable. Les pensionnaires de la Villa Étincelle ne sont pas menaçants. On peut approcher leurs rides, toucher leurs visages flétris. Ils dorment tout le temps, râlent beaucoup, pleurent en secret, ingurgitent, dégurgitent, régurgitent... Le matin, certains jours, après la toilette, ils manifestent une sorte de joie illimitée, une adhésion à la vie totalement naïve et enthousiaste. C'est déconcertant.

Léandra est tombée enceinte. Ça n'a bouleversé ni sa vie, ni son travail, ni vraiment ses relations avec Marc à la gendarmerie de Saint-Andéol, la brigade où ils habitaient encore. Elle a accepté cette grossesse comme une remontrance du destin lui signalant qu'il ne fallait plus tarder à son âge. Rien d'autre. Elle a un peu vomi, distendu au mieux son giron, gonflé son ventre jour après jour, accouché en moins d'une nuit en déplorant d'être femme, en jouissant d'être femme, puis maigri de semaine en semaine dans une sorte de combat acharné, de ferveur animale pour un corps qu'elle n'aimait plus guère. À présent, la petite Alice dans le dos, elle doit se violenter de nouveau. Elle marche sur la crête de Malaval, monte vers le sommet en se disant que, finalement, la brigade de gendarmerie de Saint-Andéol et la maison de vieux ont des points communs. Les bâtiments à un étage se font face sur l'avenue, massifs tous les deux, avec des couloirs interminables conduisant à des chambres encombrées de dossiers, de fauteuils, de placards métalliques ou de lits. On s'y ennuie. Les vieux y sommeillent tout le jour. Les plantons y attendent tout le jour. Les ordinateurs sont en veille, les cloisons minces, mal insonorisées et le café imbuvable. Deux voies de garage, n'en déplaise à leurs chefs respectifs, où on doit apprendre à se faufiler, montrer patte blanche, éviter les contacts, les coups, les lits et les dossiers sensibles. Certains résidents traversent l'avenue chaque matin, formant une sorte de cortège erratique qui passe à la queue leu leu d'une grille à l'autre, toujours à la même heure, selon un tracé immuable, une cartographie nickelée et tremblotante qui ignore les véhicules et rend toute chose possible. Ils se font engueuler. Rien n'est jamais possible à la Villa Étincelle. À la brigade, on ne sait pas…

Léandra est tombée enceinte. L'un après l'autre, les pensionnaires l'ont frôlée, ont réclamé de sentir la vie qui gonflait là-dedans, au-dessus des cuisses, derrière la blouse. Elle les a laissés poser leurs mains sur son ventre. Bien à plat. Dès qu'elle s'arrêtait de travailler, l'enfant se mettait à bouger, presque à la demande. Il suffisait de tirer une chaise longue, s'allonger un moment. Les petits vieux en tremblaient de joie.

Alice est née.

Marc est parti.

Il l'a quittée d'un coup de tête, sans se soucier d'elle ni de la gamine, filant au sud, changeant soudain de brigade. Il a fallu accepter ça aussi, oublier peu à peu sa présence, ses blagues incessantes, son corps musclé, ses amis flics, ses relations sportives. Et continuer à soigner Alice. Les mois ont passé, elle a oublié. Trois ou quatre fois par jour, elle change cet être neuf, volubile et charnu, puis le confronte malgré elle aux décrépitudes plus ou moins programmées des clients de la maison de retraite. Le frais, le flétri. Empaqueter le vivant, confronter les épidermes, comparer les intimités. Autrefois ça ne la gênait pas du tout, les intimités, même celles des pensionnaires. Elle adorait celle de Marc. Maintenant elle ne sait plus trop. On dit que les funambules, pour avancer sur leur fil, doivent fixer des yeux un éclat de verre miroitant au bout de leur câble, qui les maintient droits, concentrés. Sans quoi ils tombent. Pour Léandra, le miroir, c'est Alice. Pour les soignants de la Villa Étincelle, la mire, c'est le regard de leur clientèle flasque et sans nerf. Le reste à l'avenant. La chair des vieux, on la nettoie, on la panse et on l'aime, on ne la lâche plus. Sinon, on se détourne et ce sont eux qui s'écroulent.

– Vraiment trop chaud...

Léandra remonte la crête en suivant un sentier escarpé, de plus en plus caillouteux. Toutes les cinq minutes, elle s'éponge le front, arrange son sac. Le plateau du Vercors s'incline paisiblement derrière elle, nu, herbeux. Le ciel est immense, le soleil darde. La vue est magnifique.

Son dernier patient s'appelait René, un petit monsieur très doux, très poli, toujours embarrassé au moment de la toilette, qui déplorait de ne pouvoir rembourser quoi que ce soit de ce qu'elle lui offrait. Léandra s'en fichait. Maintenant, plus trop... Ça a commencé avec Alice, ce sentiment de trouille, de malaise, avec l'enfant tout neuf, frais, dispos, parfumé... En face, une cohorte de vieux... Et le souvenir de Marc, aussi, lui demandant parfois d'être savonné comme un bébé. Hommes, enfants, vieillards, tous en attente de lavage, de soin, de prise en charge. Le neuf et l'usé dressés l'un contre l'autre, qui n'en finissent plus de se contredire. Ils attendaient tous trop d'elle. Les motivations au travail se sont brouillées. Maintenant ils sont tous désemparés. Devant un corps abîmé ou souffrant, on s'ouvre, on se met à disposition. Léandra savait le faire sans trembler. Elle attendait le déclic. Le déclic arrivait, quelque chose se déployait à l'intérieur. Elle s'ouvrait, elle accueillait.

Alice est née. Le neuf a pris place. La mère est devenue maladroite, oublieuse, parfois brutale, s'impliquant de moins en moins dans l'hygiène. Marc l'a quittée. Aussitôt, malgré les problèmes d'argent, elle a envisagé d'arrêter le boulot. Un soir, monsieur René, le retraité aux yeux clairs, lui a murmuré que la merde des bébés et celle des vieux, c'est kif-kif, qu'au fond il ne s'agit que de nettoyer, et que le sexe finit toujours par arriver en complément. Enfants ou vieux, pareil. Caché ou pas, le sexe vient toujours en complément.

– En complément de quoi ?

Il a souri.

Le plateau du Vercors est immense, nu, sans arbre, tout doré.

Marc vient de lui envoyer son signal par la poste, un cadeau ridicule censé l'amuser infiniment, avec un prospectus touristique et une poupée en chiffon pour la gamine. Façon de se dédouaner. Trois poupées depuis le premier anniversaire d'Alice, presque un an que Marc Faure est parti avec la documentaliste du lycée Champollion. Léandra gravit la crête de Malaval. Elle transpire. La fillette dort dans son dos, leurs deux corps se frottent. La petite tête ballotte sur son épaule. Léandra aime ça. Quand le vent remonte de la vallée, elle se place dos à la falaise, décolle les lanières de son sac, écarte un peu l'enfant, laisse les rafales glisser où elles veulent et sent une grande zone humide qui s'élargit dans son dos, coule entre ses reins. Ça dure quelques secondes, une fraîcheur somptueuse.

Elle s'assied, dégrafe sa sacoche, une banane ventrale en plastique rouge, plonge la main à l'intérieur, déplie un sachet en papier sous la fermeture Éclair, détache un calisson d'Aix. Cadeau de Marc… Le glaçage du calisson adhère. Elle trouve ça beau, cet ongle de sucre fendillé qui colle aux doigts, annonçant le moelleux du dessous. Beau et prometteur comme le vent frais de la falaise et la sueur dans le dos. Elle se sent humide, prometteuse elle aussi, souple, moelleuse à l'intérieur, fendillée en surface. Avec la chaleur qu'il fait, mieux vaudrait ne plus rien ingurgiter. Léandra s'en fiche, avale trois calissons coup sur coup puis marche vers le vide et regarde. Vertige. Mille mètres en dessous, du côté de Saint-Andéol, on voit les camionnettes de paysans s'arrêter au bord des terres, minuscules, bloquer les routes, démarrer un temps après. Elle devine leurs conversations : la sécheresse, les moissons en avance cette année, les brebis à rentrer, les canons à eau qui se grippent, inondent tout. Elle dépose le porte-bébé à quelques mètres du précipice et songe qu'elle serait mieux là-bas, entre deux champs, dans les parages des canons à eau, dans les embruns.

Elle met les mains sur ses cuisses et fixe la vallée. Il fait chaud. Elle souffre un peu depuis le départ de Marc mais se sent assez faite pour ça, la souffrance, comme la souffrance semble assez faite pour les vieux. Elle voudrait ajouter, pour les vieux et les femmes. La joie aussi, pour toutes les femmes. Elle a mal dans les membres. Elle sent les muscles de ses mollets gorgés de liquide. Elle regarde son short, trouve ses jambes laides, massives, avec des boutons rouges partout, à peine visibles, qui rappellent la peau de poulet. Rien à voir avec les cuisses nacrées d'Alice. Elle s'essuie le front. D'ordinaire, c'est le volume de ses jambes qui la préoccupe, ou la perspective de les ouvrir, pas leur épiderme, leur densité. Écarter des membres pareils, ça rend fragile, ça confronte à une forme d'humilité éreintante. Léandra referme la banane, souffre modérément sur la montagne aride, le long d'une crête qui n'en finit pas, à la traîne de ces marcheurs sportifs, enthousiastes, tous adhérents du Club Alpin Français, qui l'ont accueillie parce qu'elle arrivait esseulée dans leur groupe. Esseulée, appétissante, bien en chair, la petite Alice endormie dans les bras…

Marc lui envoie souvent des fleurs, et parfois comme aujourd'hui une sorte de clin d'œil qu'il croit drôle. Un cadeau à double sens plutôt puéril. Peut-on être gamin à ce point ? Ridicule à ce point ?… Léandra bondit sur ses pieds, se remet en route, plonge la main dans le sachet de calissons, que son ex a pris soin de lui acheter au cours de sa dernière mission dans la région d'Aix-en-Provence. Il a vidé la boîte de son contenu et lui a renvoyé l'emballage ovale, avec son slip à l'intérieur, un sous-vêtement bleu clair qu'elle connaît parfaitement, lavé de frais. À rayures. À rayures sombres. Commentaire sur la boîte, au feutre noir et en gros caractères : *Caleçon d'ex…* Léandra sourit, imagine son ex-conjoint, Marc Faure, officier de gendarmerie, distribuant les pâtes d'amande inutilisées à l'entrée de la brigade et claironnant son exploit.

Quand même, une semaine après, il lui a adressé le contenu de la boîte. Il sait qu'elle adore les sucreries.

C'est arrivé tout aggloméré, un magma de calissons collés les uns aux autres. Léandra pouffe de rire. Parfois, elle a l'impression que Marc est encore là, près d'elle. Qu'il se la garde au chaud, prête à l'emploi, en réserve.

Elle fixe le sommet. Il y a encore cette crête à monter, ce groupe de sportifs qui filent droit, ces gâteaux fendillés qu'elle avale l'un après l'autre. Alice pèse, le sentier n'en finit pas, l'air se raréfie au fur et à mesure qu'elle gravit la montagne. L'herbe est rase, dorée, le grand plateau s'incurve derrière elle, lisse et courbe comme un couvercle. Pas un nuage. Léandra a envie de rire et de pleurer à la fois. Elle choisit une pierre plate, se rassied, défait le porte-bébé. Les silhouettes des marcheurs s'éloignent à l'horizon. Alice dort.

Elle hausse les épaules, regarde ses jambes sous le short, appuie avec son doigt. Un petit cône de peau se creuse au bout de l'index, un cratère minuscule. Derrière son dos, les falaises du Vercors plongent vers Saint-Andéol. Mille mètres de calcaire ocre, avec le mont Aiguille, décalé, qui se dresse au centre comme un gros clou grisâtre. Les rayons dardent. Léandra déboutonne son chemisier, pose la tête sur les genoux et pense qu'il va faire encore plus lourd en fin d'après-midi. Elle regrette de ne pas avoir emmené de chapeau.

3

Elle sent comme une ombre lui caresser le visage, une main fraîche sur la nuque, qui la frôle, revient deux fois puis s'éloigne en laissant un vague sentiment de bien-être. De mieux-être. Elle plisse les yeux, retrouve le plateau incurvé, le chemin qui serpente entre des plaques de roches nues et des zones d'herbe couchée par le vent. Elle se réveille en plein été, sous le soleil, Alice contre la hanche, se demandant une nouvelle fois ce qu'elle fiche sur cette crête, elle qui n'aime pas marcher. Les huit montagnards du Club Alpin Français progressent au loin. On distingue leurs silhouettes en dessous du sommet, dans les éboulis, tout près du but.

Léandra se lève, met les mains en porte-voix et appelle… Alice sort brusquement de sa torpeur. Pas de réponse. La jeune femme, debout sur son caillou, crie plusieurs fois de suite de toutes ses forces, attend, appelle de nouveau… Elle hausse les épaules, s'accroupit, caresse la petite, lui remonte le chapeau sur le front, une espèce de bob à franges délavé assez ridicule. Alice l'arrache aussitôt. Léandra remet le bob en place. La petite l'arrache et le jette sur le chemin. Léandra lui tape la main, appelle encore une fois puis sort un biberon en plastique de la banane, qu'elle enfourne entre les lèvres de sa fille. Du lait. Il aurait fallu de l'eau claire. Alice tète un temps le liquide tiédasse, probablement tourné, puis crachote et se met à pleurnicher. L'ombre fait demi-tour, la main fraîche balaie l'azur au-dessus d'elles, arrêtant net les larmes. Léandra n'est pas surprise. Elle ne remarque rien. Alice, tête penchée en arrière, se concentre, se tait absolument. Elle fixe le ciel de ses grands yeux marron.

Monsieur René disait encore une chose qui lui revient à l'esprit. Il disait que pour supporter les séances de toilette, il lui fallait parfois imaginer un personnage d'apocalypse, un juge maigre, sans visage, avec de longues mains efficaces chargées d'estimer ses chairs, de comptabiliser les jours lui restant à vivre. Ainsi il parvenait à oublier la silhouette des aides-soignantes, leurs habits, leurs jambes lourdes, leur parfum de terre, d'humus, de savon. Parfois l'estimation s'étirait en longueur. Les filles ne comprenaient pas ses hésitations, son effroi, ou même son désir, là, devant ces ombres, ces plages de peau en mouvement, ces ventres entrevus sous les blouses. Le vieux pensionnaire détournait la tête. Il se laissait manipuler.

Alice continue de regarder le ciel en écarquillant les yeux. Léandra l'installe contre sa hanche puis récupère le biberon dans l'herbe, le goûte et, avec une grimace, vide son contenu entre deux pierres. La petite ne réagit pas. Le spectacle de cette enfant étendue dans l'herbe, concentrée, silencieuse, fixant le bleu du ciel qui, à ce moment, pèse sans mesure au-dessus de leurs têtes, devrait intriguer. La mère fouille dans la banane, pense plutôt à l'eau qui manque, au sommet à atteindre, au brigadier Marc Faure, aux calissons. Elle a envie d'embrasser sa fille, caresser ses joues, son front perlé de sueur. Alice se détourne, regarde ailleurs. Soudain, les yeux plissés, elle bat des mains. Son visage s'illumine. Léandra finit par lever le nez. La vague revient, l'ombre les couvre, frôle leurs deux silhouettes. Léandra tressaille, se dresse d'un coup. L'ange salvateur est bien là, sur la crête, contre le bleu intense qui chapeaute la montagne. Il vire deux fois au-dessus des falaises et revient les protéger avec son aile. Léandra bondit en arrière. Les mains en porte-voix, elle appelle. L'autre continue à se balancer sans répondre, cinquante mètres au-dessus, dans sa nacelle, en short lui aussi, casque et chaussures de montagne.

– Qu'est-ce que j'ai eu peur ! Vous m'avez fait peur !...

Il ne répond pas. Léandra retrouve son calme. Elle chuchote qu'on doit être bien là-haut, en plein vent. Elle voudrait ajouter que c'est bizarre, un noir qui vole. Silence. L'aile bascule de côté.

– Vous pourriez quand même me parler, dire un mot !... La petite meurt de soif. Vous n'auriez pas quelque chose à boire ?... N'importe quoi. Un peu d'eau.

Le parapente remonte brusquement vers la crête, longe le précipice, gagne un peu d'altitude puis, en trois ou quatre virages impeccables, très gracieux, vient se replacer juste au-dessus de la jeune femme. Beau pilote, bel ange noir sanglé, avec des lunettes de soleil, une bavette sur les genoux et un petit étui en toile fixé à la jambe gauche. Il lève un bras, lâche sa commande, entrouvre la pochette, récupère une bouteille d'eau minérale, la cale sur son ventre. Les câbles se détendent, l'aile vibre puis s'affale d'un coup, son ombre couvrant les parages. Alice, bouche bée, regarde le pilote qui tombe sur elle jambes écartées, bras écartés, la peau sombre, luisante. Elle se blottit contre sa mère et se met à hurler. Léandra sourit. Alice cache la tête dans ses mains. Le pilote les frôle, vire juste en dessous, ses pieds touchant presque le sol. Léandra écarte les mains de sa fille et lui explique que c'est un monsieur venu d'Afrique, qu'il a la peau toute noire et qu'il n'y a pas de quoi pleurer. Vraiment pas. La petite sanglote de plus belle mais ouvre les doigts et regarde à travers. Le noir lui fait un clin d'œil, se balance quelques secondes puis lâche son récipient. La bouteille en plastique rebondit dans l'herbe, s'immobilise contre un caillou. L'aile se regonfle avec un bruissement puis remonte brutalement, aspirée par la lumière.

– Merci !

La petite, une main sur les yeux, récupère son chapeau dans l'herbe.

– Regarde, Alice !... Il nous a envoyé de l'eau.

L'enfant sépare un peu plus les doigts, renifle et fait une drôle de moue. L'homme n'a rien dit. L'aile s'élève au zénith puis plonge vers l'est, direction mont Aiguille. La gamine attrape la bouteille qu'on lui tend. Elle boit sans la lâcher des yeux.

Monsieur René affirmait qu'il allait mourir vite et que, du coup, il comprenait bien mieux les gens. Surtout les gens laids, ou les adolescents, les femmes sans âge... Léandra rétorquait qu'on avait le temps, tout le temps, et qu'il réfléchissait trop. Les pensées se diluent avec l'âge. Même nous, monsieur René, faut pas trop réfléchir. Ça fatigue au boulot. Laver les vieux, laver les bébés, vaut mieux ne pas penser, question de pratique, d'habitude... Ne plus trop réfléchir, ou alors seulement à l'élan, l'énergie qui manque, à tout ce qu'il faut mobiliser. Le reste, on s'en fout. Les différences, chacun finit par les oublier. René répondait qu'un vieux ne se fout jamais de rien, surtout pas des différences. Il mange, il dort. Le reste du temps, quoiqu'on dise, il réfléchit.

Il a balancé la bouteille puis s'est envolé... Drôle d'oiseau. Parapente, aéroplane bicolore, une bande de tissu qui vibre sans bruit sous le soleil. Elle aurait dû lui parler. Difficile après ses silences du début. Léandra soupire. Il reste encore une heure de marche… Les rayons dardent, pas un brin d'air. La petite ne fait plus de bruit. Sa tête ballotte contre l'armature du sac. La mère transpire. Les silhouettes, au sommet, l'appellent, font des signes qu'elle ignore. Elle accélère, gravit la crête avec une sorte de morgue rageuse. À mi-trajet, éreintée, elle fourre la main dans sa banane, attrape les calissons, en avale deux ou trois, balance le reste, récupère le caleçon au fond du sac, et se le fiche sur la tête.

– Muet comme une carpe.

Elle va encore grossir avec ces saletés mais elle s'en balance, ses jambes et ses cuisses sont comme elles sont, ses fesses marbrées, elle s'en fout, elle n'aura bientôt plus de boulot, même pas d'indemnités sauf si le patron de l'hospice accepte d'ajouter son nom à la liste des licenciements économiques – aucune chance, la restructuration de la Villa Étincelle ne touche que des postes de maintenance et quelques doublons dans l'administration. Elle se répète que son ventre a des plis mais pas son visage, pas ses seins, que les coccinelles elles-mêmes, si on y réfléchit, ont des points rouges partout, qu'on les adore alors qu'elles ont des points rouges et noirs, et que les plaques de rochers qui affleurent près du chemin sont pleines de taches aussi, des lichens, et qu'il fait bon mettre le pied dessus. Le pied bien à plat. Ça gratte un peu… Dessus, y a plein d'arabesques.

Elle s'arrête au bas de l'éboulis. Son bout de culotte lui pend au sommet du crâne. Elle a envie de siffloter et ça l'énerve… Elle enlève le tissu à rayures, s'essuie le visage avec, le balance dans la pierraille, part le récupérer en souriant, gravit au pas de course le raidillon, jusqu'à une plate-forme ceinturée de murets, les ruines d'une cabane de berger. Elle y arrive hors d'haleine. Pas un nuage là au-dessus. Elle se laisse tomber sur une dalle qui résonne comme une cloche. La tête lui tourne, elle cherche sa respiration. Aussitôt, elle sent la vague fraîche sur son crâne. Elle lève le nez, aperçoit l'ange noir au plus haut du ciel, immobile, qui plane, la recouvre de son ombre bienvenue. La lumière est tamisée autour d'elle, la fraîcheur indéniable. Le grand parapluie fait du surplace en frissonnant. Léandra se remet debout. Le carré d'ombre la dépasse, revient sur elle. Une seconde, elle sent le soleil darder à nouveau et elle gravit le sentier plus lentement. Il la suit. Elle essaie d'accélérer mais c'est facile pour lui, là-haut, de la poursuivre, la couvrir avec son ombrage bienveillant.

Alors elle se laisse faire, ne lui gueule pas de se barrer, suit le chemin pas à pas jusqu'au sommet dans un état d'euphorie inquiétant, sans du tout ressentir la chaleur. Elle suppose qu'il s'amuse. Dans le dernier ressaut la pente s'accentue, le chemin fait des boucles de plus en plus serrées. À chaque virage, ce drôle d'ange les abandonne quelques secondes. La tête d'Alice ne ballotte plus. Elle regarde le bleu du ciel en suçant son doigt, elle attend. L'ombre se rétablit, s'immobilise droit au-dessus d'elles. L'air se met à vibrer, la fraîcheur revient. Les promeneurs du Club Alpin Français n'appellent pas.

4

Quand il rit, on voit ses chicots sur le devant et plein de dents qui manquent mais ça ne fait rien, on voudrait l'embrasser. Léandra se lève sans bruit. Il a fallu répéter deux fois l'histoire du parapente à monsieur René avant qu'il hoche la tête, se dise fatigué. Ses yeux se fermaient tout seuls. Elle lui a remonté le coussin dans le dos. Il a croisé les mains sur son ventre, fixé l'aide-soignante et prétendu que ça lui rappelait des souvenirs, surtout ses voyages en Arabie, à Djedda, au Soudan. Puis il a chuchoté que c'était un Porteur d'ombre. Elle s'est arrêtée sur le seuil de la chambre, main sur la porte. De sa voix pâteuse, à moitié endormi, monsieur René a répété « Porteur d'ombre », puis a écarté la tablette du déjeuner, lâché sa fourchette et glissé dans le sommeil sans rien ajouter de plus.

Énervants, les petits vieux. Un rien les assomme, une simple digestion les éloigne du monde. Léandra, frustrée, se met à rassembler la vaisselle sur le plateau, change la bouteille, traverse le couloir et, faute de mieux, enfile des gants et un sarrau neuf pour aller s'occuper de la pensionnaire d'à côté, une grand-mère un peu simplette, récemment médicalisée à la suite d'une infection urinaire. Porteur d'ombre… L'ombre plane partout à la Villa Étincelle : compétitions entre les étages, fins de vie chaque semaine, restructurations, arrêts maladie, dépressions chroniques chez les malades comme chez les soignants, ou même refus de soins comme dans cette chambre où elle entre sans frapper, en retenant sa respiration. Plus trace de la poche d'urine sous le cadre du lit, plus de sonde, les draps sont défaits, trempés, personne… Seulement l'odeur un peu aigre et, dans la pénombre, une voix fluette qui chantonne aigu devant une collection de nounours. L'aide-soignante balaie la pièce des yeux. Madame Favier est prostrée dans son fauteuil, recroquevillée entre les accoudoirs. Elle arrête sa chanson, change soudain de registre, pleurniche qu'elle ne veut plus de tuyaux piqués dans le ventre. Léandra sourit, oublie les crêtes du Vercors, le mont Aiguille et le Porteur d'ombre. Elle ouvre la fenêtre, repousse les volets, fait entrer la lumière, claironne qu'elle va remettre la chambre en ordre. Monsieur René toussote à l'autre bout du couloir. Madame Favier gémit. Léandra s'approche, lui caresse le haut du crâne.

Elle crie.

Dehors, on voit les premières feuilles d'automne au faîte de l'arbre, jaune pâle, qui remuent… Léandra soupire. C'est le mois d'août et, déjà, tout se décale. Dans la chambre aussi. Les peluches piquent du nez sur les étagères, envahissent la table, le radiateur. Les rideaux sont tirés, un Mickey râpeux est appuyé contre la porte du placard. Une biche grandeur nature défaille à la tête du lit. Léandra se tourne vers le mur, prépare la nouvelle poche vésicale en expliquant à madame Favier que l'été se termine, que les feuilles des arbres vont sécher toutes à la fois, dessiner un tapis chatoyant dans la cour, que ce sera un miracle de les rassembler. Elle dit que les platanes deviendront bientôt lumineux et multicolores comme ses peluches, comme ses nounours, comme la joue des bébés. La vieille reste recroquevillée dans un coin. Impossible de l'approcher. Léandra parle encore un peu puis, lasse, sonne l'infirmière.

Immédiatement, au coup de sonnette, madame Favier se retourne et pousse un cri aigu. Léandra avance jusqu'à la fenêtre, regarde dans la cour en soupirant. Il faudrait lui proposer quelque chose, une alternative rassurante, indiscutable. Elle réfléchit une seconde puis, à son sourire, on devine qu'elle vient, cette solution, cette idée belle et lumineuse. Elle traverse à nouveau la pièce, cale le Bambi contre la tablette, écarte ses deux jambes élimées, sort dans le couloir et fonce à la salle de soins.

Elle revient des tuyaux plein les bras, un flacon de désinfectant, une sonde en plastique, une potence, du sparadrap pour tenir la perfusion, une poche vésicale neuve à installer sous la petite queue marron. Elle s'approche de la tablette, commence à appareiller la biche. À l'aide du trocart, d'un geste vif, très naturel, elle lui perce l'arrière-train. Madame Favier écarquille les yeux. L'aide-soignante décapsule le bocal de sérum physiologique et, sans tarder, met en route le reste de son dispositif. L'eau s'écoule à travers le filtre, descend dans la sonde et ressort un peu plus bas, par un autre tuyau, derrière les fesses du grand Bambi dégingandé. Dessous, la poche se remplit. Léandra hoche la tête et commence à changer les draps comme si la mémé n'existait pas. Madame Favier retombe contre le dossier de son fauteuil avec un gémissement d'oiseau. Elle balance le visage de gauche à droite, commence à se frotter les doigts, les poignets, le dos des mains sans lâcher le goutte-à-goutte des yeux. Au bout d'une minute, très calme, très silencieuse, elle désigne sa robe déboutonnée, ses jambes nues. Elle les écarte sans qu'on le lui demande. Léandra n'a pas le droit d'en profiter. Il faut respecter les attributions du personnel, les prérogatives de chacun. Du temps s'écoule. On s'assied sur les chaises. L'aide-soignante et sa pensionnaire patientent en chantonnant « Colchiques dans les prés ». L'infirmière arrive au moment précis où la malade, ventre en avant, cuisses ouvertes, yeux rivés au goutte-à-goutte de la biche, commence à en avoir marre de l'automne et des colchiques. Léandra et l'infirmière la recouchent, l'appareillent. La poche se remplit immédiatement. Le traitement antibiotique agit, l'urine est claire.

Léandra, aide-soignante au premier étage de la Villa Étincelle, la trentaine, déléguée du personnel, excellent élément bien qu'en instance de divorce, a résolu le problème qui mobilise l'étage depuis trois jours. Elle déboule au pas de course dans les bureaux de l'administration, nerveuse, déterminée. Le directeur de la Villa Étincelle s'attendait à tout sauf à la voir surgir ainsi dans son bureau. Il la fait asseoir face à l'ordinateur puis se remet à tapoter sur le clavier. Au bout d'un temps il lève la tête, sourit, extirpe un dossier de son tiroir, le feuillette. Léandra a prévu ces gestes : grimace du patron dérangé au travail, doigts continuant à pianoter, ordinateur délaissé avec un soupir, dossier administratif parcouru en se grattant le menton, en s'humectant la bouche. Cette mise en scène est humiliante. Inutile de feuilleter, il sait tout. Elle aussi. États de service irréprochables, élément parfaitement intégré à l'équipe, jamais absente, dont les initiatives ne laissent personne indifférent. Pour preuve, la perfusion du grand Bambi en peluche de madame Favier, qui a permis de lui faire accepter la sonde. Léandra retient sa respiration puis annonce qu'elle va quitter l'établissement, qu'elle souhaiterait figurer sur la liste des futurs licenciements économiques. Elle lâche son poste. Elle fuit le navire en quelque sorte mais sans démissionner vraiment, espérant profiter des indemnités. Elle les mériterait, les indemnités. Elle travaille ici depuis dix ans et n'a jamais eu de conflit avec l'administration. Elle représente le personnel sans agressivité ni acrimonie. Le directeur de la Villa Étincelle ne comprend pas ce qui la pousse à partir. Elle parle de son bébé. Il secoue la tête. Elle le regarde en levant les sourcils. Avec sa bouche ouverte, ses lèvres luisantes et ses yeux brillants, inquiets, suspendus à sa réaction, elle est très belle. Il secoue la tête.

Rien dit de plus, le directeur… Un salut, un mouvement de tête en la fixant des yeux derrière l'ordinateur. Le bureau est surchauffé. Elle transpire sous la blouse, ne sachant plus quoi faire, sinon bondir de sa chaise, courir dans le couloir, monter les marches de l'escalier quatre à quatre, finir les changes à toute vitesse, empaqueter le flétri, vite, le plus possible de ventres avachis, cartonnés, puis ouvrir les vitres et laisser entrer toute la lumière. Depuis la chambre de monsieur René c'est parfait, plein ouest, face au grand arbre.

– Vous vous êtes endormi sans enlever votre serviette…

– Comme tous les petits vieux.

Léandra, poings serrés, a déjà envie de tourner les talons.

– Je passais vous dire bonsoir.

Il secoue la tête d'un air mécontent.

– Je passais une seconde, monsieur René…

La pièce sent bizarre. Elle écarte les rideaux, voit les feuilles tournoyer dans la cour. Les signes de l'automne sont déjà au sol, envolés. Bourrasques à l'extérieur, coup de balai à l'intérieur. Le platane reprend aussitôt son allure habituelle, verte, majestueuse. Léandra avertit qu'elle est pressée, qu'elle doit récupérer Alice. Monsieur René répond qu'il se fiche complètement de la fillette et des gens pressés, bougonne qu'il sent des courants d'air. Léandra repousse la fenêtre. Le pensionnaire se tourne sur son lit, bascule les jambes, désigne le déambulateur. L'aide-soignante râle mais l'aide tout de même à se mettre debout. Elle lui propose son bras. À l'angle du placard, comme d'habitude, son pied butte contre le meuble de télévision. Il trébuche, s'appuie, se rétablit comme il peut sur son épaule. Furtivement, il lui glisse la main dans le cou, effleure sa poitrine. Elle fait mine de ne rien remarquer. Il caresse à nouveau.

Un sourire, un bref ricanement. Ça, c'est de trop… Léandra le plante au beau milieu et file nettoyer les toilettes. Le pensionnaire continue seul à travers la pièce, marche jusqu'à son fauteuil, s'y affale avec un soupir. Elle voit cligner ses yeux bleus, ses lèvres s'ouvrir puis se refermer sans un mot, en dévoilant les dents éparses, la gencive du haut totalement nue. Il ne parle pas, assume son geste. Elle cesse de frotter la tablette du lavabo et lui sourit furtivement dans l'encadrement de la porte. D'un coup, la Villa retrouve son calme, la chambre redevient accueillante. Le pensionnaire se racle la gorge.

– C'était un pèlerinage, n'est-ce pas, cette ascension ?…

Elle ne répond pas, croise les doigts sur sa poitrine. Il la regarde. Léandra réalise que sa caresse, à l'instant, cette sorte de contact physique lui a fait du bien après l'entrevue avec le directeur, l'a rassurée. Elle appuie le front contre la vitre de la salle de bains, juste au niveau de la sonnette, et se sent soudain cafardeuse. Il faudra laisser ce boulot sans garantie. Marc continuera de lui envoyer ses messages imbéciles, Alice grandira, les feuilles de l'arbre jauniront, les vieux de la Villa Étincelle disparaîtront les uns après les autres. L'hospice restera en place, le platane et les animaux aussi… Il serait peut-être temps d'imiter ce beau monde, prendre la poussière un peu plus chaque jour, être seulement changée de place, arrosée, cajolée et ensuite jetée au rebut… Se ficher de tout, oublier les angoisses, les peluches ou les solitudes des uns et des autres, bébés et vieillards compris, et surtout les caresses chapardées ci et là, aux pires moments. Elle soupire. Monsieur René la regarde intensément. Elle soupire de nouveau. La plupart des pensionnaires savent s'arrêter à temps. Leurs initiatives sont tellement furtives et coupables qu'on ne les évoque jamais. Léandra recule jusqu'à la porte, arrange le bas de sa blouse. Du matin au soir elle cache son ventre et ses cuisses. Les seins, impossible. Quand les mains s'activent, les seins ballottent. Son corps travaille du mieux qu'il peut. Aux moments délicats, elle laisse croire à un malentendu.

– Je vais quitter la Villa Étincelle…

L'autre traverse la chambre en grommelant, va récupérer sa veste sur le dossier du fauteuil.

– Pour la balade, j'avais envie de prendre l'air.

– Par cette chaleur ?

– Je ne fais pas assez de sport.

– De sport… Quelle idée !

Elle hoche la tête.

– Le type du parapente, c'en était un, de sportif… Vraiment.

– Un fou, vous voulez dire ! Se balancer comme ça au-dessus du Vercors, tourniquer dans les montagnes, faire de l'ombre aux marcheurs. Il vient sûrement du Darfour. C'est un Porteur d'ombre. Ça me rappelle le Soudan, cette histoire.

Léandra jette un coup d'œil à sa montre.

– Orly-Tunis-Djedda…

Elle s'assoit au bord du lit, arrange sa blouse, pose les mains sur ses genoux.

– Djedda, Arabie Saoudite. La mer Rouge… C'était une ligne encore peu fréquentée, sans prestige, mais j'y allais pour le pèlerinage. On atterrissait près du port de Djedda, on lâchait les musulmans sur le chemin de La Mecque. Là-bas, en plein désert, il y avait partout des porteurs d'ombre… Des gamins. Des porteurs d'eau aussi. L'aéroport est pourri. Le trajet à pied jusqu'à la Ville Sainte est épuisant. Soixante-dix kilomètres de piste et de cailloux. Les porteurs d'ombre attendaient des journées entières les quelques pèlerins pieux et fortunés qu'ils allaient abriter le long du chemin. Eux marchaient tête nue, bien sûr. Ils se faisaient payer des clopinettes.

– Soixante-dix kilomètres à pied ?

– À pied ou à dos de mulet. Mahomet n'a jamais

vraiment préconisé la vitesse. Maintenant les pèlerins vont en voiture, en car, en taxi… Du temps du Prophète les goudrons et les naphtes étaient réservés aux cadavres. Ou bien aux coques des bateaux. Ça change, il y a du goudron partout. Mahomet s'en est accommodé. Eux probablement que non…

– Les porteurs d'eau ?

– D'ombre. Il en reste quelques-uns autour de la Kaaba, surtout pour les infirmes, les estropiés. De mon temps c'étaient les bien-portants. Les porteurs d'ombre sont noirs. Des noirs immenses, silencieux, avec une sorte d'ombrelle à armature jetée par-dessus l'épaule. Tête nue, tous habillés de blanc. On les méprisait à cause de ces vieux parapluies. Ça les faisait bien marrer.

– Ils venaient d'où ?

– Du Soudan.

Monsieur René claque les doigts.

– Grands, secs, increvables… Je parlais souvent avec eux. Maintenant, au Soudan, on se bat au nom du Dieu unique.

– Vous avez travaillé longtemps dans l'aviation ?

– Toute ma vie.

– Vous regrettez cette période, monsieur René ?

– Non. Je n'aime plus le transport aérien. Je ne me reconnaîtrais nulle part… Khartoum, par exemple, est quasiment isolé du monde. On s'y massacre à tour de bras. On y cherche du pétrole.

5

Contrôle du harnais. Il règle la sangle ventrale. Elle lui sourit. Il remonte les cuissardes et tout son corps se modèle vers le haut, sa poitrine enfle, son ventre bombe en avant. Il vérifie les deux bretelles, lui effleure le torse. Ça la trouble mais il ne perçoit rien, ni ses seins gonflés, ni ce qui ressemble à de la panique. Les lanières s'enroulent autour des jambes, longent les fesses, évitent l'aine, brident le sexe dans une sorte de garrot doux et puissant. Impossible de desserrer. Elle est tenue partout : cuisses, hanches, épaules. Une cotte de mailles. Au centre de ce harnachement, sanglé, désigné, ce ventre qu'elle mésestime, trouve laid, animal, répugnant, avec une toison trop abondante qui remonte vers le nombril. Bizarrement, parce que l'angoisse la paralyse, elle imagine que ces lanières attirent tous les regards, qu'elles délimitent un écrin presque beau, somptueux, la rendant d'un coup désirable. Elle fait quelques pas en avant, le vent la cueille au bord du précipice. Elle titube sur ses jambes mais il lui prend la main, la tire à l'écart, vérifie chaque lien. Elle se laisse faire, docile, peureuse, le bas du corps ligoté. Il réunit les attaches avec un gros mousqueton qu'il visse soigneusement. Elle le regarde droit dans les yeux et lui signifie son accord. Il lui caresse les cheveux, s'attarde une seconde sur sa joue, pose les mains à plat sur ses épaules. Rien de plus. Il ouvre les bras, déplie son aile.

Lancée dans le vide, larguée. Prête au pire.

J'ai couru comme tu l'avais demandé, en fermant les yeux. Excuse-moi, Jamil, mais c'était plus fort que moi, à ce moment précis j'ai eu envie de pisser et en même temps de rigoler. C'était irrésistible. Rire et faire pipi. On s'élançait dans l'herbe et je me suis mise à me marrer comme une folle en pensant à tout ce que tu n'avais pas remarqué, mes seins qui t'attendaient, la casquette en plastique vissée en haut de mon crâne, la touffe épaisse entre mes jambes, pas trop laide, pas vraiment ridicule, cernée par ce harnais que tu avais vérifié minutieusement, le paquet de confiseries au fond de la banane de Marc, tout ce qui m'obsède, les peaux qui souffrent, ces retrouvailles inespérées après ton apparition sur les crêtes de Malaval, les chairs à nettoyer, les couches-culottes d'Alice, le change des petits vieux de la Villa Étincelle. L'occupation des corps. J'ai couru. J'ai éclaté de rire.

Au dernier moment, tu m'as retenue contre ton ventre et tu as tout affalé dans mon dos. J'étais déjà aspirée vers le ciel. J'ai arrêté de rire, suis tombée à genoux, me suis mise à trembler nerveusement alors que tu te dépêtrais au milieu des cordelettes. J'ai senti que j'étais mouillée entre les jambes, le haut du pantalon trempé. J'avais encore envie d'aller aux toilettes. J'ai cru que tu allais me gifler. Tu étais sérieux, concentré. Autour de nous les autres ne riaient pas, le ciel se troublait.

Oublié, le paysage, le plan incliné, l'abîme, la fascination que cet homme m'inspirait. Personne ne s'occupait de nous. On a recommencé très vite, sans rien vérifier. Une fois l'aile déployée au-dessus de nos têtes, je me suis mise à courir, mes deux pieds pédalant dans le vide. Je savais que tu étais là, que tu t'activais contre mes hanches, que nous basculions, remontions. J'entendais ta voix ordonner d'arrêter de pédaler et d'ouvrir les yeux. J'avais chaud partout, surtout à la poitrine, là où les lanières n'appuyaient pas. On s'est balancé dans un thermique – je ne savais pas que ça s'appelait ainsi –, tu m'as pris les doigts et tu as parlé à mon oreille.

– Ouvre les yeux.

Je n'ouvre pas. Trop peur. Le vent frappe. Tu me supplies de desserrer les lèvres, de gonfler les joues. Dès que la pression diminue, que ça claque dans les tympans, il faut écarter les paupières. Je gonfle, ça claque un peu, j'expulse l'air, lève les yeux, les referme à la seconde. Il rit. Au moment où je recommence, je sens sa bouche dans mes cheveux. Il parle fort, dit que j'ai la peau très pâle derrière l'oreille, presque bleutée, qu'un vaisseau sanguin y palpite, lui permettant absolument de savoir où j'en suis. Il ne me touche pas, surveille seulement le cœur qui bat dans mon cou. On vire sous la falaise, s'éloigne du plateau. Le vent s'engouffre entre mes jambes, je perçois bizarrement mon sexe, ce triangle de plis et de lanières. Le vide s'installe, grandiose, aérien, lumineux. Je remue les jambes. Un face-à-face. Le soleil me frappe en plein visage. Je tangue.

Il libère une commande, la fixe au-dessus de moi et on se met à tourner très lentement. Il attrape ma main droite, la droite seulement, la ramène sur mon épaule et pose les lèvres dessus. Comme quand on était petit. Baiser de la princesse. Il me fait ce baiser-là, très chaste, menant l'un après l'autre mes doigts à sa bouche, l'extrémité seulement. Il écarte mes doigts un à un. J'ai mal au cœur. Il y a un petit point brillant à l'horizon, un aéroplane, qui me fait penser à Alice. Il y a Jamil qui m'apprend à voler.

6

Elle ne s'en rendait pas compte mais elle m'offrait son âme, le plus fluide d'elle-même, le plus intime aussi. C'était un mardi soir, à Grenoble, peu après notre premier vol, rue des Carmettes. On mangeait du canard et des salades de palmier au restaurant La Boussole. Elle parlait de l'humilité. L'humilité du Christ… L'humilité du sauveur chrétien, sa modestie radieuse et dérangeante. C'était bizarre de l'entendre parler ainsi, et sans entrave, d'un tel sujet… Elle m'étonnait. Parfois elle avalait ses mots. Tout cela me sidérait moins, il faut le dire, que l'humidité très parfumée et très charnelle qu'elle m'offrait là, en face, à quelques centimètres, par bouffées.

Son corps rejetait sans calcul tout ce qui le traversait. Elle parlait bien.

J'aimais une fille qui parlait bien et dont l'intérieur se révélait parfumé. Cette haleine que je consommais à mesure qu'elle expliquait l'humilité du Christ me semblait quasi scandaleuse. C'était ça, son sacrifice. M'offrir une fois, sans le savoir, cet air qui file de la bouche et laisse hagard, sidéré, frustré car ce vent-là est palpable, frais, il sent bon, la parcourt parfaitement, contredit tout ce qu'on sait habituellement des entrailles. Puis me laisser là. En l'occurrence tourner la tête vers un serveur aux yeux clairs et commander un jus de tomate.

7

Deuxième vol. Il parlait de nouveau dans mon oreille. On tournoyait au-dessus de Malaval, entre les crêtes ocre jaune du plateau du Vercors et le pic trop gris, trop érigé du mont Aiguille. Une mosaïque de champs défilait sous nos pieds, de villages aux toits rouges et lustrés, de moissonneuses miniatures, de chemins se croisant sans raison, de canons à eau distribuant leur écume minuscule. On perdait de l'altitude. Quelques nuages crémeux s'accrochaient aux falaises, derrière nous, que mon guide regardait d'un air sombre. Ailleurs le ciel était limpide, à peine strié de blanc. Je me sentais en confiance. Bientôt la température chuta, j'entendis un froissement au-dessus de nous, des rafales de vent nous frappèrent et l'aile se mit à tanguer. Jamil s'écarta de la paroi. Je regardais en bas, ne craignais rien. Après quelques virages assez serrés, deux oiseaux surgirent du fond de la vallée, traversèrent l'espace, fondirent sur notre aile, se séparèrent au dernier moment, l'un sur la droite, l'autre sur la gauche, puis se rejoignirent en sifflant dans notre dos, dessinant dans le ciel un trajet impeccable, un long fuseau ovale. À la même seconde l'aile fut secouée très violemment. Jamil se raidit sur son siège.

Le vent tourbillonnait autour du parapente et nous rabattait contre la falaise. L'aile remonta d'un coup, puis bascula au-delà des crêtes. Le soleil se voilait. Mon pilote ne disait plus rien, ses mains étaient crispées sur les commandes.

Nous avons volé sans un mot au ras du sol, frôlant les cailloux du plateau jusqu'à ce que les bourrasques commencent à s'espacer. Arrivés aux premiers arbres, quand la pente s'infléchit, Jamil a resserré les sangles, m'a placée au centre de la sellette et d'une voix indifférente, très calme, a dit qu'il allait falloir se battre. Je ne comprenais pas. Il a tiré sur une poignée, cabré sa voile et nous sommes remontés à l'aplomb du sommet. La poussière volait sur le sentier. Les rafales balayaient la crête. Jamil continuait à me parler mais je l'entendais mal. La lumière était de plus en plus tamisée, d'un brun jaunâtre.

Nous avons oscillé un temps en bordure de l'à-pic. Mon pilote semblait hésiter. À un moment il s'est écarté de la crête et m'a désigné quelque chose à l'horizon, à l'ouest, comme un râtelier lumineux, des sortes de tiges dressées sous le ciel d'orage, une demi-douzaine d'hélices immaculées qui tournoyaient dans le lointain, sans du tout se presser. Les éoliennes de Saint-Marcellin… Sa voix s'altérait. Il a dit qu'il ne fallait pas se fier aux apparences, elles étaient gigantesques, éclatantes, elles affrontaient les bourrasques comme nous, elles luttaient. J'ai regardé ces grands jouets placides qui brillaient à l'horizon. Il a marmonné qu'on pouvait même se réfugier à l'intérieur.

Je me suis vraiment demandé ce que je fichais là.

Silence. Rase-mottes jusqu'au col du Grand Veymont, plongeon dans le vide de l'autre côté. Le vent cinglait. Je crispai les doigts sur le tube de la sellette. J'aurais voulu tenir autre chose mais je n'avais pas le choix. L'aile réagissait très violemment. Elle se cabrait, la toile claquait, j'étais suspendue au bout d'un pendule aux mouvements imprévisibles, capricieux, totalement irrationnels. Jamil m'ignorait. Il affrontait seul les turbulences. Nous avons glissé jusqu'aux premiers éboulis, remonté d'une traite le quart de la falaise et là, entre deux bourrasques, j'ai mesuré la gravité de la situation, persuadée que notre parapente ne se stabiliserait plus. Je grelottais, me sentais comme détachée du monde et m'en fichais. J'ai appuyé le visage sur les sangles avec une pensée pour monsieur René – une pensée surprenante –, puis ai choisi de ne plus m'inquiéter. J'avais froid aux jambes. Les mugissements du vent, le vacarme, les mouvements du pendule m'importaient moins que ce froid aux cuisses et au ventre. Derrière moi, Jamil se démenait comme un diable. J'ai oublié la toile qui nous suspendait, oublié les mille mètres de vide, le choc probable sur les rochers, le décrochage, me suis intéressée sans trop de peine à une foule de petites choses, à commencer par les rais de lumière filtrant des nuages ou encore, tout en bas, le carré bleu des piscines, ces mosaïques indigo semées dans la campagne, dont on ne peut soupçonner la variété et le nombre. Je me suis laissé distraire et ballotter. Je n'avais plus vraiment peur. Le pendule a poursuivi son errance folle entre les falaises, comme au milieu de nulle part. Les oiseaux ne sont pas revenus.

Enfin Jamil, sous un col, est parvenu à nous stabiliser. Il a réduit brusquement la voilure. Le vent a molli et nous avons glissé vers le sol, plongé comme en parachute. Les embardées se sont espacées. Nous perdions de l'altitude. L'air s'est réchauffé peu à peu, le mont Aiguille a paru moins proche, moins menaçant. J'ai lâché mon tube, regardé à nouveau notre aile qui vibrait sans à-coups. Je me suis mise à respirer bizarrement. Tout semblait d'un coup trop calme. La toile était dépliée comme avant, ronde et luisante au-dessus de nos têtes. Rien ne s'était passé. Je haletais. On a balancé lentement sous l'ombrelle bicolore, paisiblement, puis il a posé sa main sur moi, desserré ma ceinture et, d'une voix sourde, a dit qu'on était saufs, libres comme l'air. À cette évocation, j'ai failli hurler. Il m'a maintenu la tête face au vide, ordonné de ne plus jamais enfiler de short, quelle que soit la chaleur au départ. J'avais froid en effet... Je frissonnais. J'ai réalisé que je serrais son mouchoir dans la main droite, tout humide, que j'avais mordillé dedans. J'ai eu honte de mes jambes marbrées.

Il portait un short en toile comme moi, mais ses genoux étaient nettement plus fins, plus lustrés. On a ri. Le haut de ses cuisses disparaissait sous des cartes en plastique, et ses pieds dans de grosses bottes de montagnard, celles que j'avais remarquées la première fois avec Alice. Languettes en cuir, lacets rouges, chaussettes écrues tricotées main… Ringard en diable. Il m'a frotté les joues, a dit que j'avais un teint de navet, m'a fait promettre pour le short. J'ai promis. Ses yeux étaient luisants, avec des traces de sel tout autour. Nous sommes partis loin au-dessus de la rivière, à la dérive. La voile frémissait. On percevait le ronflement des tracteurs, tout en bas, assourdis, et presque aussi le bruit de nos respirations.

Voilà. Jambes écartées, face au vide, lui dans mon dos, les cordelettes déployées en faisceaux autour de nous, l'aile se gonflant dans les vents de traverse, et de nouveau l'envie qu'il m'embrasse le bout des doigts. Besoin de gestes après les bourrasques et la nausée. Je rêvais de redescendre, de retrouver le sol, d'aller boire de l'eau, de manger quelque chose avec Alice. Je voulais lui poser des questions idiotes, pourquoi les noirs ont la peau fine, si douce, pourquoi ils rient mieux que nous, pourquoi leur visage ne se ride pas. Nous avions combattu mais je ne lui avais été d'aucun secours. J'étais presque triste.

– Détrompe-toi. Tu m'as beaucoup aidé. Rien qu'avec ton corps, ton poids, Léandra, et ton calme. Tout seul, j'aurais été fracassé. Ton sang-froid et ta patience…

– Autant dire rien.

Le ciel était d'un bleu intense, excessif. Je regardais

l'horizon, suspendue à mille sept cents mètres par une poignée de liens multicolores, sans appréhension, avec la vague envie de marcher à nouveau sur terre, d'enfiler un pantalon, appuyer mes pieds quelque part. Je chuchotai à Jamil qu'il avait raison, qu'on connaît la peur seulement au moment de partir, une véritable angoisse qui stoppe net dès que les jambes cessent de toucher le sol. La peur du vide dépend entièrement de l'appui. L'envol contredit le vertige. Je lui dis que c'était beau, que je ne m'étais jamais inquiétée au milieu des tourbillons. Seulement après. Je me tournai vers lui et vis son visage se crisper. Il essayait de sourire. J'aperçus une ou deux larmes perlant au coin de son œil. Pour qui n'a jamais vu de larmes rouler sous la paupière d'un noir, c'est une révélation. Elles sont belles sur les peaux noires, la détresse s'y exprime à la perfection, les gouttes ne s'allongent pas, elles miroitent de l'intérieur, restent accrochées à la joue, luisantes, rondes, gonflées, gorgées de sel. J'ai pleuré moi aussi, mais en le fixant des yeux. J'ai scruté son visage de très près et aperçu mon reflet là-dedans, au milieu des larmes, minuscule, à l'envers.

C'étaient les rafales, toutes ces larmes, le combat.

Il m'a dit que le vent du nord nous faisait dériver dans le bon sens, sans quasiment perdre d'altitude. Il a posé le menton sur mon épaule et a expliqué que nous quittions la zone instable, que la météo allait peut-être nous sourire, et le Vercors nous offrir un vrai cadeau. Une surprise. Il jubilait. Il m'a attrapé la main, a lâché sa commande, laissé tanguer l'aile et désigné un nuage à fond plat, au centre de la vallée, qui gonflait les joues comme un ange.

– On file droit dans sa direction... Il s'est formé à l'aplomb des derniers champs moissonnés, juste au-dessus des chaumes. Un thermique... Les champs de blé emmagasinent bien la chaleur.

Effectivement, approchant du nuage, j'ai senti un souffle tiède autour de nous. Plus froid du tout. Jamil a appuyé sa tête dans mon dos et j'ai été un instant très heureuse. On balançait doucement. C'était une colonne d'air ample, généreuse. Il y est entré sur le flanc droit, avec une inclinaison parfaite. Nous nous sommes retrouvés dans la spirale, à tournoyer. Élévation large, douce, régulière. Nous étions enroulés dans le thermique, il faisait presque chaud, il m'a dit que les anges étaient des transmetteurs de vent, puis a collé son torse contre moi. Je ne pensais plus à rien, surtout pas à ma peau de poulet, aux sangles bridant mes cuisses et aux plis de mon ventre. Nous dérivions loin des rafales, loin des hommes.

– J'ai envie de toi.

Il a mis sa main là, justement, dans les surcharges pondérales, en haut du short, sur les cuisses et le ventre, et j'ai éprouvé une tension bizarre, chaque lanière du harnais frottant ma peau avec une netteté malsaine. J'étais en plein vent, ligotée, ouverte, laissant le désir monter à sa guise dans le grand manège céleste. Je ne réagissais pas, disposée à l'avant du harnais, une disposition très précise. Je pensai une seconde à Alice puis me collai à ses jambes, me fichant de la petite, des remords, attentive à ce pilote orgueilleux qui tenait nos deux vies l'une contre l'autre, son sexe raidi, le mien heureux et indigné. Je sentais mon ventre qui s'irritait, un mousqueton de fer entre nous, des lanières omniprésentes. Impossible de se rejoindre sans lâcher les commandes. Impossible de s'étreindre et de voler à la fois, d'être lourde et légère, pilote et disciple, ouverte et poignante. Je lui souris, marmonnai son prénom mais il n'entendait rien. Jamil, Porteur d'ombre. J'attrapai sa main et la posai sur ma poitrine. Sexe et survie n'ont rien à voir. Je pensai aux mises en garde de monsieur René. Changer les corps, nettoyer les peaux, assumer la compassion. Puis, une bonne fois, jouir et tomber.

Confirmation dans mon dos, mon cou, avec ses lèvres qui se posaient partout. Jamil, d'une voix altérée, nous met en garde :

– Il faut surtout pas sortir de la colonne.

L'étrange confiance que je portais à cet homme... Le vol en ellipse s'est modifié. Je me suis légèrement décalée sur la sellette, ai essayé de me tourner vers lui. J'ai vu qu'il tenait une des commandes dans la bouche, entre ses dents, et que nos virages dans le thermique devenaient moins amples, moins parfaits. Il me caressait de sa main libre, ouvrant mes habits, écartant les sangles. Il avait les doigts chauds et impatients. Trop de chair à fouiller. Je me suis tordue sur le siège pour lui faire face. Il a souri, regardé toutes ces ficelles qui nous séparaient, ôté la poignée de sa bouche, l'a placée dans ma main gauche. J'ai croisé les bras. Il a mis la deuxième commande dans mon autre main et voilà, d'un coup, j'ai dirigé l'aile. Nous sommes restés un temps ainsi, ses doigts sur les miens, yeux dans le vague, mes avant-bras croisés à hauteur de visage et des liens nous emprisonnant partout. Les commandes frottaient mais ça n'avait pas d'importance. Il m'a montré comment conduire notre vol, jouer sur les manettes, déplacer le bassin le long du siège, infléchir l'ascension. Il insistait là-dessus, la régularité de l'ascension, le mouvement du corps le long du siège où nous étions maintenant presque face à face, moi tournée vers lui. J'ai baissé les yeux vers la planchette et vu son ventre à moitié débraillé avec, au centre, son grand sexe tendu, qui ballottait. On a ri. Il a posé les doigts sur moi. On a continué à s'élever. Il a caressé ma vulve. Soudain, on a senti de la fraîcheur. La peau s'est mise à picoter. Des milliers de gouttelettes se condensaient tout autour de nous. Il malaxait mon ventre. J'essayais de conduire l'aile sans trop divaguer.

Le nuage était là, au-dessus de nos têtes. Je l'avais oublié. On a pénétré d'un coup à l'intérieur. Le soleil s'est voilé en moins de dix secondes, les gouttes d'eau se sont déposées partout, tièdes, enveloppantes, sur nos visages, nos jambes, nos mains. On ne voyait presque plus rien, sinon cette matière ouatée, luminescente, ce grand rideau blanc tiré, ce tulle impalpable et accueillant.

– Il faut traverser le nuage, Léandra. Perçois bien

l'inclinaison de l'aile, maintiens-nous dans la spirale. C'est dangereux. Il faut absolument en échapper.

J'ai senti la brume sous mes doigts, qui répondait, me reconnaissait, quelque chose de souple, de docile, une matière presque bienveillante, très réactive.

– Remets-toi face au vide.

J'ai obéi, pivoté à nouveau vers l'avant sans lâcher les commandes. Mes deux bras se sont replacés avec facilité, les ficelles décroisées. Dès lors, assise correctement sur la sellette, j'étais seule à guider. Maître à bord. Maîtresse ventre en feu. Immédiatement, il a glissé ses doigts dans mon short, directement sur ma peau. J'appréhendais mieux le pilotage mais lui pétrissait à nouveau mon sexe. Je m'ouvrais à lui. Bras écartés, je m'ouvrais aussi à ce coton, cette masse d'air qui nous tenait en vie. Il fallait faire l'amour dans la matière opaque, accueillir ce sexe aperçu sur la sellette, en jouir tout de suite. J'ai fermé les yeux.

Jamil a dégagé ses mains avec brusquerie, abandonné mes seins et mon ventre, passé le bras sur mon épaule, saisi la commande et viré sur la gauche. Nous avons perdu quelques mètres. L'aile s'est mise à osciller bizarrement. À tomber ainsi dans la brume, sans le moindre repère, le ventre gorgé et à moitié nu, je me suis sentie soudain très lasse, presque indifférente. Frustrée aussi. Derrière moi, son sexe ramollissait. On s'est stabilisé au bon moment. Le brouillard donnait mal au cœur. L'ascension a repris mais nous manquions de force l'un et l'autre. J'en avais assez. Le grand ventilateur mou agissait, l'ellipse nous aspirait lentement vers le haut. Je voulais tout arrêter, redescendre, m'endormir.

– Récupère les manettes, Léandra.

J'attrapai sans joie la petite barrette d'aluminium bleuté qu'il me tendait à nouveau, la trouvai froide, impersonnelle.

Jamil a glissé ses bras autour de ma taille et m'a soulevée contre lui. Je pensais à monsieur René, à la mire du funambule, essayais de tenir les commandes, de m'incliner sur la sellette. Il m'a dit de fixer quelque chose au-delà du coton, une lumière, une ouverture. Il s'est raidi, m'a soulevé les fesses et m'a pénétrée. Mal pénétrée. Pas suffisamment. Ça m'a fait mal et je me suis cambrée. Il m'a mordu l'épaule. Je lui ai dit qu'on allait mourir. Alors il a défait son harnais et a ôté le mousqueton pour venir directement sur moi. Il y avait trop de sangles. Il m'a dit de me concentrer sur la conduite, de bien percevoir le thermique, rester très réactive, souple, regarder vers le haut, dans l'angle mort, guetter la lumière qui viendrait. Le brouillard allait se déchirer. Il a dégrafé la seconde ceinture – la mienne –, crocheté nos deux harnais, m'a pris les hanches très délicatement, sachant à présent que nous étions libres, détachés.

Il est entré en moi, je l'ai reçu du mieux possible. Il a connu le privilège de mon ventre sans bouger d'un pouce, en chuchotant qu'on ne risquait rien, qu'on allait peut-être jouir ensemble mais qu'il fallait rester un seul corps, ne pas faire de mouvements brusques, jamais nous délier, nous mouvoir très lentement. Nous avons tourné l'un dans l'autre, à peine tenus à l'aile. Il m'embrassait, m'habitait, tenait mon sexe avec ses deux mains. Il le pénétrait par-derrière et l'ouvrait au vent. Quand il l'ouvrait au vent, j'avais envie de crier de joie. Nous avons continué à monter dans le thermique. Puis il s'est mis à cogner et je me suis crispée sur lui. Il vrillait dans mes reins. Embardée. J'ai gémi. Il est sorti, est revenu presque aussitôt puis a remué plus lentement, plus doucement, me battant les flancs avec une précision vertigineuse. Nous dérivions sans fin dans la brume. L'aile a continué à s'élever en spirale, inclinée à la perfection. Je n'avais plus besoin de la guider, rien à conduire, seulement tenir les bras en l'air et ouvrir bien mes hanches. La lumière changeait, le coton s'effilochait par endroits. Il a marmonné une phrase dans sa langue, puis s'est mis à chanter quelque chose de rauque, comme sorti des entrailles. Je ne l'ai pas laissé poursuivre. J'ai joui une première fois la tête en arrière, il a hurlé, m'a mordu la nuque et je l'ai serré entre mes cuisses. Embardée. Il a giclé hors de moi. Il a crié que le souffle de Dieu est un esprit fécondant. Je ne reconnaissais pas sa voix. L'aile a piqué de l'avant et il a crié aussi le nom de Gibril, l'ange transmetteur. Puis il a reposé doucement sa tête contre mon épaule.

Nous avons percé le nuage.

Après ça, froid intense, grand soleil.

8

« Le vol de Khartoum part toujours à la nuit tombée. La température extérieure est alors d'environ 25 °C. Le logement du train d'atterrissage est exigu, et le premier risque est de se faire écraser par les roues ou les vérins lors de la rétraction. Pour y trouver un endroit préservé, il faut bien connaître l'appareil, ou avoir énormément de chance. En vingt-cinq minutes, l'avion atteint son altitude de croisière, de 9 000 à 11 500 mètres selon les conditions (le vol dure de 4 heures 30 à 5 heures). La température extérieure tombe à – 50 °C. Le train n'est pas pressurisé, et plein de courants d'air. Mais il contient deux “radiateurs” : d'une part, les freins, dont chacune des huit roues est équipée, et qui sont utilisés, à Khartoum, au démarrage. Ce sont des masses métalliques d'une trentaine de kilos, qui peuvent chauffer à 200 degrés ; il n'est pas rare que deux heures après le décollage, elles soient encore à 100 degrés. D'autre part, le logement du train est situé dans le fuselage, sous la cabine qui est chauffée, et il est traversé par des commandes hydrauliques, à 50 °C environ. Avec ces deux éléments, on peut penser que la température dans le logement ne descend pas au-dessous de – 10 à – 20 °C. »

Jacques W., commandant de bord,
instructeur sur Airbus.

9

Et puis ce déjeuner, premier repas ensemble.

Le directeur de la Villa Étincelle convoque Léandra dans son bureau, recommence son manège derrière l'écran d'ordinateur, ses petites démonstrations d'homme accaparé. Tout ça pour lui annoncer, sourire aux lèvres, que le Conseil d'Administration vient de statuer sur son sort et que, vu son ancienneté et ses états de services, son poste est maintenu. Les restrictions de personnel ne s'appliquent qu'aux aides-soignantes non titulaires. Elle ne peut faire partie des licenciements économiques. Les plannings de l'année sont bouclés. Le directeur l'engage à prendre un peu de repos, poser des jours de vacances en retard, voyager, oublier la gendarmerie de Saint-Andéol, puis revenir dans l'établissement avec toute l'ardeur et l'enthousiasme qu'on lui sait. Elle répond que le gendarme qu'elle doit oublier est le père d'Alice, demande au directeur des nouvelles de sa femme qui, paraît-il, est enceinte. Il a l'air gêné, regarde dehors.

Dehors il fait beau.

Dans le réfectoire, on mange.

Jamil découpe son steak en observant les pensionnaires devant leur table, concentrés sur leur assiette, coincés dans les fauteuils, qui se préparent à affronter le premier labeur de la journée. Les vieilles portent des tabliers, les grands-pères des bérets, des pantalons ouverts. À l'évidence, pour les siècles des siècles, il faut continuer ainsi : s'alourdir de minute en minute, sommeiller dans un siège ou dans un lit, puis aller s'alléger du mieux possible avant de repartir mâcher. Tâche éreintante mais prometteuse. C'est l'automne. Il fait doux. Dans la cour, les tas de feuilles s'accumulent. À l'intérieur de la Villa, les gens mastiquent. Jamil se penche vers la petite Alice et, d'un geste vif, attrape la tétine qu'elle suçote en se triturant l'oreille, en clignant les yeux. Il la pivote d'un demi-tour. L'anneau de plastique rose et bleu, ergonomique, revient en place, le caoutchouc se contracte à l'intérieur, faisant un bruit de succion et la tétine lui saute des lèvres, rebondit sur la table. Jamil, très rapide, l'attrape, se la fourre dans le bec. Au passage, il chope deux frites dans l'assiette puis baisse la tête d'un air coupable et mâche le tout.

– Jamil !...

Il n'entend pas, rentre le cou comme une dinde. Alice continue de réclamer sa tétine. Soudain, il a l'air très malheureux, on dirait qu'il va pleurnicher. Une minute après, il renifle. Une minute après, il rit. Silence. Alice ne sait plus si c'est du lard ou du cochon. Jamil en a assez. Nouveau clin d'œil. La sucette jaillit de sa bouche et atterrit pile dans le plat de frites. Alice pousse un cri de joie, la récupère à toute vitesse. Avec un grand sourire, elle dit à Jamil qu'il est vraiment rigolo. Elle lui demande de l'emmener voler en parachute. Il répond qu'elle parle de mieux en mieux. C'est vrai, elle prononce des phrases entières. Il passe la main devant ses paupières en écartant les doigts.

Les doigts caressent la table, arrondissent le bord de la toile cirée, frôlent les verres. Alice ne les lâche pas des yeux.

– Tu viens ?

Jamil installe la petite sur ses genoux. Elle hoche la tête, se blottit contre lui, commence à se triturer l'oreille.

– Alors ?...

Alors les frites ne sont jamais assez chaudes à la Villa Étincelle mais, ce matin, plutôt cuites, en tout cas plus fermes que d'habitude. Monsieur René, bien calé sur son siège, n'arrête pas d'en manger. C'est la première fois qu'il rencontre Jamil et il ne le lâche pas des yeux non plus. Il fait beau, le soleil entre à flots par les baies vitrées. Léandra est assise en face d'eux, bizarrement tendue. Léandra, le porte-bonheur de la Villa Étincelle, l'aide-soignante favorite de monsieur René qui sait tout, qui se tait, qui va partir. On redoute un silence comme le sien, en plein milieu du repas, pire que des cliquetis de fourchettes, les roulements de chariots, le fond habituel de conversations.

En face, le pilote secoue les jambes sous la nappe. À côté, des sacs de vie patientent, recroquevillés. Dehors, l'automne... Chacun s'active comme il peut dans la grande salle à manger multicolore. Finalement Léandra soupire, se met à parler.

– C'est vrai qu'on manque de bras ici... Pour moi, c'est différent. Je fais moins bien mon travail depuis la naissance d'Alice. Ça se remarque. Chaque matin je compare la peau neuve de ma fille, gorgée de vie, aux épidermes des pensionnaires, je confronte sa chair parfumée et rondelette à vos vieux corps sans tonus. Excusez-moi, monsieur René, mais je lange la vie d'un côté, la mort de l'autre... Ce sont presque les mêmes gestes. Je ne devrais pas le dire. Maintenant la petite Alice est propre, mais ça ne change pas, j'ai de plus en plus de mal à m'occuper de vous. Avant j'étais indifférente.

– Il y a des gestes que vous n'accomplirez jamais avec votre enfant, des services que vous ne lui rendrez pas... Le rasoir, par exemple.

L'aide-soignante le regarde en souriant.

– Je ne peux pas rester seulement à cause du rasoir.

– La bonté, Léandra ?... Les enfants se fichent de la bonté. Votre façon de nous accueillir, nous rassurer, nous soutenir en toutes circonstances. Alice connaîtra ça avec quelqu'un d'autre. Le désir aussi.

Léandra hoche la tête.

– La joie...

Elle se tourne vers son pilote qui a l'air de se ficher

de la joie. Il ne dit rien, Jamil, il s'amuse seulement avec la petite… Ils mènent leur vie, ces deux-là…

– J'ai l'impression que ça fait des siècles que je me trompe avec les pensionnaires, monsieur René… Désir compris.

– On ne quitte pas la Villa Étincelle comme ça, sur un coup de tête. Désir ou pas, compassion ou pas, vous serez présente, ne serait-ce que pour nous accompagner jusqu'à la fin. Le bout du tunnel, les soins aux mourants, la restitution des corps… Ça ne concerne pas votre fille.

L'aide-soignante fait une grimace.

– Qui sait…

Elle regarde autour d'elle en se mordant les lèvres. Elle cherche la main de Jamil sous la nappe, ne la trouve pas. Une collègue s'approche avec une carafe de vin, une autre arrive en rigolant. Léandra bafouille à nouveau.

– Qui sait…

La collègue se met à chanter. Léandra, une seconde, imagine sa petite Alice allongée derrière une porte close à la Villa, le travail continuant autour comme si de rien n'était, les femmes sifflotant, remuant les hanches. Elle imagine la toilette de ce corps-là, sa restitution… Jamil se tait, grignote dans le plat. La collègue du premier étage rejoint leur table en se trémoussant. Monsieur René fixe Léandra. Un autre plat de frites arrive, avec plein de ketchup cette fois, pour Alice. Léandra le regarde une seconde, réprime un haut-le-cœur puis se lève, file aux toilettes. Elle revient en s'essuyant la bouche. La plupart des pensionnaires ont terminé leur dessert.

– Alors, le point de rosée ?...

Les résidents commencent à s'égayer dans la pièce, certains au bras de leur compagnon, ou appuyés à une canne, un cadre de marche. Ils achèvent ainsi le premier rituel de la journée, essentiel mais décevant. Ils ont bougé le moins possible, mangé à toute vitesse, sauf pour la soupe. La soupe, c'est différent... Lentement, la soupe... On sert toujours un bon potage à la Villa Étincelle, même aux pires chaleurs. Léandra revient, toute blanche, va faire son tour en cuisine. On la salue. Elle est pâle mais droite sur ses jambes, lourde et très belle. Elle avance dans son domaine en donnant le bras à qui veut, arrangeant les coiffures, appelant l'ascenseur. Elle revient avec une éponge, des serviettes, un dessert pour la gamine, un pot de café, et puis ce souvenir qui la poursuit : l'été de la canicule, alors que certains malades commençaient à mourir de fièvre ou de déshydratation dans les couloirs de l'hospice, les pensionnaires continuaient à réclamer leur soupe bien chaude. Tous, sans exception... Deux fois par jour du potage épais et brûlant. Soupe quoiqu'il advienne. Léandra secoue la tête, regarde monsieur René avec tendresse. Lui aussi réclamait son potage. Les résidents avaient d'ailleurs très mal réagi à l'initiative du chef cuisinier qui leur proposait un gaspacho pour se rafraîchir. Impossible. On ne rafraîchit pas les vieux.

Elle regarde son pilote à la peau luisante.

– Ça va ?…

Rien de plus. Elle a chaud. Elle retraverse la pièce. Les vieux lui donnent chaud. Ça ne va pas trop. Enfin, si, ça va. Elle pose le café sur la table. Jamil est parfait, très prévenant, mais ne lui parle presque plus. Il la soutient dans ses démarches à la maison de retraite, l'aide du mieux qu'il peut, y compris financièrement. Léandra pousse un soupir, décapsule le dessert d'Alice puis jette un coup d'œil dehors, sur le grand arbre nu et ridicule. Depuis leur vol dans le nuage, Jamil est bizarre, ridicule lui aussi, incapable, quasi impuissant. Plus de désir, plus de mot… Impuissant. Elle goûte le flan au chocolat, résiste à l'envie de tout bâfrer d'un coup, de sauter dans la couronne de l'arbre et de leur dire, à tous ces spectateurs, qu'elle n'est pas dupe, que le point de rosée ne signifie rien, que Jamil n'est pas à la hauteur, que cet homme-là, comme les autres, se débine. Pas grand-chose dans le pantalon. Pourtant il la caresse plutôt bien, plutôt longtemps, mais toujours en pensant au thermique, la sellette, le harnais, les futurs vols, sa beauté lourde, les nuages. Léandra se fiche des nuages. Elle n'a pas envie de recommencer à voler, ne comprend rien à ce mec, examine la grande salle lumineuse et triste où elle a travaillé dix ans, où elle boit du café sur une table en plastique, avec un bouquet au milieu. Jamil et monsieur René discutent en aparté, ils parlent d'elle. Trop et dans tous les sens.

Elle frôle les fleurs du bout des doigts, retient un cri de surprise, se passe la paume sous les narines, fronce les sourcils. Senteurs sylvestres, muguet, fleurs blanches, lavandin, elle ne sait plus, ne reconnaît rien… À la Villa Étincelle, on propose toujours des fleurs en plastique sur les tables des résidents. Le personnel les asperge chaque matin avec du déodorant. Quatre ou cinq parfums synthétiques en rotation. Ça flatte les narines. D'habitude, Léandra reconnaît l'odeur du premier coup.

– Fleurs des bois.

Il a raison. Elle hoche la tête. Jamil ramasse sa serviette, approuve à son tour puis se penche et regarde les jambes de Léandra sous la table.

Le pensionnaire garde la fourchette en l'air, les yeux pleins de malice.

– Léandra m'a souvent parlé de vous.

– Moi aussi.

Ils l'agacent. Ils continuent à parler. Son ventre, ses grosses jambes, le point de rosée… Pour peu, ils mentionneraient la sueur sous les bras, la peau d'orange ou les varices qui recommencent à gonfler. Ils ont bu. Monsieur René claironne qu'elle a des bras et des mains formidables, qu'il les connaît à la perfection, qu'il pourrait en énumérer chaque pli, chaque veinule, chaque tendon. Tout. Jamil opine. Elle est parfaite telle quelle, un peu épaisse, un peu encombrée de son corps… Ils reprennent du vin. Pardon, je la connais depuis longtemps. Il faudra répondre à la question avant qu'Alice finisse le plat de frites. Le point de rosée, chez les femmes, c'est un mystère… Pas vraiment dans le ciel, pas dans les nuages, monsieur René... Et la beauté ? Partout : les cuisses, la poitrine, les épaules, la nuque, le visage, au-dessus du sexe, en dessous, jamais dedans. Et l'abandon ? Vous avez raison. Il surgit quand la forme disparaît, au moment d'être accueilli, enveloppé. Le désir est lié à l'aspect. Le plaisir à l'accueil... Léandra m'accueille bien, monsieur René. Excusez-moi, mais son ventre m'englobe à la perfection.

L'aide-soignante finit par se lever. Elle s'éloigne en tapant sur les tables. Jamil baisse les yeux, murmure qu'avec les nuages, le point de rosée c'est nettement plus banal et plus rapide.

– Plus rapide ?...

Le petit vieux est très intéressé. Ça y est, ils vont parler météo.

– Un signal de coton en plein ciel, une ouate... L'instant d'après, un nuage...

Jamil caresse les cheveux de la gamine.

– C'est chaud et langoureux là-dedans. Faut pas y entrer. On n'y voit rien. On est presque aveuglé.

Léandra, appuyée au mur, garde les yeux mi-clos. Elle écoute Jamil parler. Qu'il pérore, celui-là, qu'il continue de débiter ses théories, l'eau qui s'écoule à droite dans les lavabos des pays riches, et à gauche dans ceux des pays pauvres, les anticyclones qui tournent dans le sens des aiguilles d'une montre, le rail ouest du TGV Paris-Lyon qui s'use moins vite que celui d'en face... Ça va, homme volant... Parfois, elle a envie de lui très fort, comme tout à l'heure, d'autres fois seulement de se dégourdir les jambes. Ou alors elle en a carrément marre de ses discours. Avec le TGV sud-est, à tous les coups ça marche.

– C'est quoi, déjà, le TGV ?...

– En descendant vers Lyon, et compte tenu de sa vitesse propre et de la rotation de la terre, le train pèse légèrement plus sur le rail gauche que sur le droit. Les rails gauches s'usent plus vite. C'est la force de Coriolis.

Léandra regarde la salle déserte. Elle arrange ses cheveux. Son geste est d'une tristesse infinie. L'enfant se gratte l'oreille en suçant son pouce.

– T'es vraiment tout noir, toi, Jamil...

Il sourit.

– C'est comment, à l'intérieur d'un noir. Noir aussi ?

– Non, comme tout le monde : rouge et plein d'air. Plein de liquides.

La petite fait la moue. Jamil lui prend le visage dans les mains.

– Tu les aimes tant que ça, les frites de la Villa Étincelle ?

– Oui, c'est plein de purée à l'intérieur.

L'ange rit. Léandra rit. Monsieur René rit bouche ouverte, sans faire de bruit, fixant la fillette de ses yeux bleus candides. Il lui manque des dents sur le devant. Alice est fascinée par cette bouche. Elle quitte les genoux de Jamil, ouvre les bras au vieillard. Monsieur René secoue la tête sans cesser de rigoler. Plus trop de force à cet âge, difficile d'attraper un enfant...

Alice se met debout sur la table, avance d'elle-même vers le vieux monsieur, pose la main sur son visage ridé. Après un temps d'hésitation, elle touche du doigt la gencive du haut, lisse, nue et luisante. Le fou rire s'arrête net. L'enfant et le vieillard se font face une seconde comme deux statues intemporelles, la plus petite explorant de l'index la cavité buccale de l'autre, caressant ses gencives. Les yeux de monsieur René se voilent lorsque l'enfant ramène les doigts à ses lèvres et goûte pour comparer. Il ébauche un geste, voudrait l'en empêcher. La fillette lui sourit en toute confiance. Ses doigts laissent un souvenir doux et potelé, ils sentent un peu la frite. Monsieur René repousse son fauteuil, s'essuie les paupières. Il avance vers l'ascenseur. Au moment de passer la porte, il se retourne et, d'une voix sombre, demande à Jamil de lui faire découvrir ça avant de mourir, les rafales, le point de rosée, les thermiques. Il dit qu'il ne sait rien de la vie, qu'il n'a même pas la curiosité d'une petite fille.

10

J'avale ma salive. J'aimerais qu'il soit là, qu'il se penche au-dessus de moi, qu'il me regarde en se frottant les yeux, qu'il m'embrasse, glisse la main sur mon ventre, contre ma peau. Juste sa main. Rien que ça. Le contact de ses doigts là où je l'ai tenu, retenu… Qu'il me parle, arrête de se défendre, d'avoir peur.

« On ne peut toucher sans être touché. »

Jamil, tu m'as chuchoté cette phrase avec des yeux effarés. C'est précieux, cette phrase. Ce n'est ni un châtiment, ni une peine. Seulement un sens réciproque, le seul sens réciproque. Tu n'en veux plus, du toucher, du sens réciproque ? Tu préfères le regard et l'odeur, le vent, les bourrasques… Elles t'obsèdent, les bourrasques, te malmènent. Moi, Jamil, je t'enrobe. Tu t'en fiches. Tu es fou, Jamil… L'autre soir, à la foire, tu m'as aimée dans une nacelle en plastique rouge, quasi transparente, au sommet de la grande roue qui tournique dans le ciel de Grenoble. Tu aurais peut-être préféré un autre manège, la chenille, le grand huit ?… J'avais le vertige et tout le monde nous voyait. À la descente, j'ai eu mal au cœur. Des gamins nous ont craché dessus.

11

Il fait beau et très doux. La cour est débarrassée, les pots de fleurs alignés dans l'entrée pour la morte-saison.

– Pourquoi raconter ça ?

Elle hausse les épaules, récupère les médicaments et la tasse vide.

– J'ai plein de soucis.

– Avec le Porteur d'ombre ?

– Lui aussi…

Elle passe un coup de chiffon sur le plateau. De la nourriture reste collée sur le bord de la tablette. Elle la détache avec son ongle.

– Pourquoi raconter, Léandra ?…

Il la regarde en plissant le nez. Ses yeux sont délavés, lumineux. L'aide-soignante hausse à nouveau les épaules puis sort dans le couloir. Elle revient avec le chariot de toilette, une bassine et un gant propre, s'approche du lit, prend appui contre les montants en fer, tire le drap. Machinalement, monsieur René écarte les cuisses, soulève le bassin. La couche-culotte est souillée. Elle la dégrafe, nettoie en vitesse autour, replie le change en fronçant les narines.

– Excusez-moi, Léandra.

L'aide-soignante secoue la tête, jette la couche sale dans un bac en plastique puis se met à le laver énergiquement.

– Ça devait être plutôt époustouflant là-haut, j'imagine… Vertigineux, angoissant, n'est-ce pas ?

Elle ne répond pas, lui sèche l'entrejambe, saupoudre avec du talc, se penche pour inspecter son genou, annonce que la cicatrice s'améliore d'un jour à l'autre, qu'il va bientôt pouvoir quitter le fauteuil, remarcher normalement, aller tout seul aux toilettes. C'en sera fini de ces séances avilissantes.

– Jusqu'à la prochaine crise, Léandra…

Elle ne répond pas, attentive à contrôler les zones d'appui, là où se forment les escarres. Ne jamais se laisser distraire. Elle vérifie les plis de l'aine, le nombril, tourne son pensionnaire sur le côté, lui poudre le bas du dos, remet une couche neuve et refait le lit, ramène le drap. Tout ça en un tournemain.

– Ça ne vous intéresse pas ?

– Je travaille.

– Un coup d'éponge… Voilà ce qu'on est pour le personnel de la Villa Étincelle, un simple coup d'éponge… Tout ce qu'on mérite.

– Vous devriez descendre de temps à autre au restaurant, monsieur René. Ça vous changerait les idées.

Vous verriez les autres pensionnaires. Il y a de nouvelles têtes.

– Pas besoin de nouvelles têtes. De temps seulement… Vous savez ce qu'on devient, nous, les vieux, avec le temps ?

Elle va brancher la télévision.

– Des buvards, justement… Des éponges qui prennent toutes les odeurs. Éponges à événements négatifs.

L'aide-soignante reste interloquée, sa télécommande à la main.

– À événements négatifs ?…

Il hoche la tête. Elle s'avance vers la fenêtre. Il fait déjà sombre dans la cour, probablement froid. Le platane a perdu ses dernières feuilles. Elle regarde l'obscurité en fronçant les sourcils.

– Je crois que je suis un peu comme ça moi aussi…

– Eh bien, asseyez-vous une seconde.

Elle prend place à côté de lui, une fesse sur la couverture, l'autre dans le vide.

– Vous ne dénouez jamais vos cheveux ?

Elle les dénoue.

– Mettez-les devant.

Elle secoue la tête puis, avec un soupir, s'exécute. Elle sépare sa chevelure, la ramène en avant, contre sa poitrine.

– Je ne pensais pas qu'ils descendaient aussi bas. Vous voulez remettre mon oreiller ?

Elle se penche au-dessus de lui, arrange sa literie. Ses cheveux lui balaient le visage à deux reprises.

Soudain monsieur René a peur, vraiment peur, il perd pied, essaie d'attraper la sonnette derrière le lit, commence à presser le bouton puis secoue la tête. Il ouvre la main, laisse retomber la poire avec un soupir. Léandra lui sourit. Monsieur René avance de nouveau les doigts mais, cette fois, les pose à plat contre elle. Elle sursaute, a un brusque mouvement de recul mais n'ose pas se dégager complètement. Les yeux de monsieur René l'implorent.

– C'est à cause de l'éponge à événements négatifs, Léandra, que vous me laissez faire ? À cause de madame Favier ?…

L'aide-soignante secoue la tête.

– Ou à cause du ridicule qui nous guette ?

Là, elle a envie de le gifler… Elle se reprend, refuse d'entrer dans le jeu. Pendant quelques secondes il n'y a rien que ce contact entre eux, cette main à plat sur sa poitrine et les cheveux devant qui font écran. Léandra ne pense pas. Monsieur René essaie de ne pas remuer.

– Je me demande ce qu'ils ont pu faire des peluches de madame Favier… Vous êtes au courant, vous, monsieur René ? Elle a été emmenée si vite, si violemment.

L'aide-soignante baisse les yeux.

– C'est lamentable, cette histoire.

La main bouge un peu sur sa poitrine.

– Elle ne supportait plus aucun traitement, ne voulait jamais qu'on la soigne, qu'on la sonde. Une nuit, j'ai même dû l'attacher… Là-bas, à l'asile, elle le sera tout le temps, attachée. Elle ne survivra pas.

Elle se mord les lèvres.

– Un départ logique… Et moi, vous voyez, tout me bouleverse… Je pleure pour un rien.

Sa bouche se met à trembler. Elle est en retard, sait que les résidents s'impatientent, qu'il faudrait activer, qu'il y a cette main sur sa poitrine, ces yeux qui la détaillent avec une sorte d'attente candide, insupportable. Monsieur René est confiant. Jamil ne l'est jamais. Marc non plus, pas de candeur. Elle se tourne vers l'entrée, gratte à nouveau la tablette avec son ongle. Ça fait un son désagréable. Le vieillard enlève brusquement sa main.

– Ridicule.

Il s'adosse contre le lit. Le haut de son pyjama est taché. Léandra va vers l'armoire, pas celle des linges et des serviettes, le placard privé de monsieur René, fermé avec un cadenas, où il range ses cartes postales, ses souvenirs, les quelques habits auxquels il tient. Elle connaît la combinaison du cadenas, tourne les molettes, ne voit pas le pensionnaire qui fait de grands gestes dans son dos. Elle ouvre le placard, découvre le Bambi de madame Favier coincé à l'intérieur, les jambes repliées dans la tôle, la queue relevée et la perfusion toujours en place. Elle zigzague contre le mur. Monsieur René bafouille que c'est madame Favier qui lui a offert la peluche.

– On se rend des services…

Léandra, collée à la cloison, demande s'ils ont

dormi ensemble. Il acquiesce. Elle demande s'ils ont fait l'amour. Il acquiesce. Elle revient s'asseoir à ses côtés, une fesse sur la couverture, l'autre dans le vide, très lasse. Monsieur René marmonne que madame Favier n'avait pas toute sa tête quand ils se sont aimés. Léandra répond qu'on ne sait jamais qui a sa tête, comment les choses vont. Elle se sent triste comme les pierres. Lui, tout le contraire, la vie avance, la mort tonitrue, tournique au sommet de l'arbre, chantonne dans la cour. Léandra se prend la tête entre les mains. Elle dit qu'il ne se passe rien d'important, finalement, à la Villa Étincelle, rien non plus entre elle et Jamil, que depuis leur escapade en parapente il ne l'aime plus, ne la touche plus, ne lui parle plus que de falaises, de bourrasques, de précipices. Il veut sans cesse repartir voler. Elle, non, bien sûr, trop peur, assaillie par les cauchemars chaque nuit, l'impression de chuter indéfiniment, d'être privée d'appui, écartelée, congelée de l'intérieur. Jamil la désire, mais en plein vol. Elle refuse. Il ne la désire pas. Un soir, tout de même, il a réussi à lui faire l'amour au sommet d'un manège. Une autre fois il l'a emmenée en haut d'un pont et a sauté à l'élastique dans le précipice. Ce hurlement, monsieur René, le même que dans les nuages, le même qu'en sortant de moi... Le pensionnaire secoue la tête. Si, monsieur René, comme un aboiement, quelque chose de rauque et d'animal, pas du tout un cri d'amour. Jamil a besoin d'effroi, de vide, de glace, d'altitude. Léandra se casse en deux, murmure que les femmes n'ont vraiment rien de vertigineux à proposer, sinon leur ventre. Puis elle chuchote que c'est déjà beaucoup, se frotte les yeux, demande des détails pour madame Favier. Il ne répond pas. Ils sont à bout tous les deux.

La main est retombée sur le drap. Elle voit les tendons qui saillent, les veines bleutées. Elle prend une inspiration, attrape cette main, écarte sa chemise et lui accorde ce qu'elle voulait tout à l'heure. Elle place la main à l'intérieur, contre ses seins, en chuchotant qu'elle est fatiguée, qu'elle voudrait un amant pour elle seule, allongé, noir, à la peau très douce, avec qui dormir des nuits entières, qui la serrerait des nuits entières dans ses bras.

Ils restent là tous deux, les doigts du vieux ne sachant trop comment se comporter. Léandra a un sourire lointain. La sonnette retentit dans le couloir. L'aide-soignante sursaute, renoue ses cheveux, ferme la blouse en vitesse. En passant devant la tablette du goûter, elle ne peut s'empêcher de gratter une dernière fois le dépôt de nourriture. Il se décolle enfin. Elle grimace, dit qu'il y a toujours quelque chose qu'on oublie de mentionner.

– Vous savez ce qu'on faisait, à Djedda, quand il fallait changer de direction ?

Elle secoue la tête. Le pensionnaire parle quand même. Il marmonne qu'en Arabie, pour changer de direction, on coupe le nez à son chameau, puis on retourne le sens de la selle. Léandra reste bouche bée sur le seuil, lui demandant de répéter. Il répète que les pèlerins et les porteurs d'ombre, pour changer de direction, coupaient le nez à leur chameau et retournaient leur selle. Léandra ferme doucement la porte. C'est le vieillard qui la rappelle.

12

Temps magnifique. Les ascendants prenaient de la vigueur. Tout en bas, le long de la rivière, les nappes de brouillard s'effilochaient. Le plateau d'Assy défilait sous leurs yeux avec ses sanatoriums, son village et son église dont on ne voyait plus que le toit en lauzes et le parking. Jamil décida de traverser la vallée au plus vite, directement vers le Mont-Blanc. Avec cette chaleur on pouvait aller n'importe où. Le parapente prit de l'altitude en survolant le village des Houches puis fila droit sur le Corbeau et les séracs du glacier des Bossons, celui qui recule depuis si longtemps. Les yeux du passager brillaient et pleuraient à la fois. Il regardait intensément les montagnes. Jamil se pencha pour lui arranger le cache-nez et cria qu'il y aurait moins de vent un peu plus haut, au-dessus des premières langues glaciaires. Il sentait son dos entre ses jambes, ses épaules penchaient dans les virages comme un motard. C'était un contact discret et timide, presque une caresse. Jamil demanda si tout allait bien. L'autre, avec un grand sourire, lui répondit qu'il était aux anges. Puis il se dandina bizarrement sur la sellette. Jamil vérifia son harnais. Le passager continuait à s'agiter. Il avança de quelques centimètres sur son siège, se décolla de lui, se mit de guingois, et, face au vent, en plein soleil, péta trois fois de suite au-dessus des montagnes avec une détermination joyeuse, sonore, qui les fit rire tous deux comme des gamins. Ils restèrent ainsi un bon moment à se taper les cuisses, le jeune et le vieux, le noir et le blanc, suspendus l'un contre l'autre sous l'aile bicolore.

Monsieur René dit que le spectacle était vraiment hallucinant. Jamil hocha la tête. L'autre cessa de remuer et devint soudain très sérieux. Il attrapa le coude de son pilote qui amorçait un demi-tour au-dessus de la vallée, se laissa ballotter un instant puis affirma que devant un paysage pareil il fallait arrêter de rire, probablement aussi de parler, ouvrir grand les yeux, admirer une dernière fois la montagne et peut-être tout lâcher, renoncer d'un coup à la vie. Il s'y sentait prêt... Bras écartés, ivre de vent et de lumière, surplombant les plus beaux panoramas du monde, il était disposé à lâcher la vie... Il le répéta à deux reprises. Jamil ne releva pas. Monsieur René était trop vieux pour lâcher la vie, trop content de dériver avec lui en plein ciel.

– Chez nous, au Soudan, on dit que le plein air est la parole du cœur.

Le parapente vira face au vent. Les suspentes se mirent à vibrer. L'aile fit le dos rond.

– La parole arrête le regard. Elle met fin au premier vis-à-vis. Ne subsistent que des sons et de l'air au milieu. Quand on discute, on se renvoie de l'air d'une bouche à l'autre. Rien d'autre, monsieur René... De l'haleine. Les paroles s'éparpillent et l'air reste là comme transmetteur. Comment voulez-vous convaincre avec ça ? Je préfère voler.

– Oui.

– Le chant ou la poésie, c'est autre chose. On ne parle à personne en particulier, on balance les mots, on mélange tout. Ça peut paraître inconséquent ou désinvolte, cette absence de destinataire, mais c'est tout le contraire. Dangereux, aérien, tragique.

– Oui.

– Tout à l'heure, si on va jusqu'au bout, je vous montrerai mon Destinataire.

– Volontiers, Jamil.

Monsieur René n'avait rien à ajouter. Ils étaient heureux. Le pilote aurait voulu lâcher les commandes, caresser la joue du vieillard de la Villa Étincelle avec son air candide sous ses lunettes en plastique. Leur projet fou se réalisait. Le voyage avait été organisé en secret de l'administration, sans l'accord de Léandra, alors que la jambe de monsieur René finissait de guérir et qu'il réapprenait juste à marcher. Au dernier moment on avait invoqué une visite à ses enfants. Pas d'enfant. Pas de famille. Rien de tout ça. Trop âgé. Ils avaient tous deux royalement menti, royalement réussi leur cavale. Maintenant l'air les soutenait, vif, tonique, et d'autres impératifs se profilaient : accueillir le froid, le vent des montagnes, laisser resurgir l'instinct d'oiseau, s'ouvrir à cette matière qu'on sent vibrer sans relâche. Jamil était fier de son passager. Monsieur René s'était comporté idéalement sur la zone d'envol, en jurant qu'on ne l'y reprendrait plus. Départ impeccable, élévation lente et régulière, aucune prise de risque. Ils volaient à présent vers les neiges éternelles. Le temps était au beau fixe. Monsieur René chantonnait en balançant les pieds.

L'aile descendit en tournoyant jusqu'à un éperon boisé qui menait au glacier des Bossons. Monsieur René aperçut d'abord un peu de fumée entre les arbres, puis les murets de pierre autour du refuge, les terrasses, le toit en lauzes, la plate-forme de l'hélicoptère envahie de promeneurs. Plusieurs sentiers y aboutissaient, se rejoignant devant un objet étrange, énorme, noir et joufflu que le passager sembla reconnaître aussitôt. Il se pencha en avant, déséquilibrant le parapente. Jamil rectifia sourire aux lèvres et piqua dans sa direction.

Le train d'atterrissage de l'avion d'Air India était exposé au-dessus de la moraine, sur un socle en béton. C'était inattendu, assez étrange. Jamil expliqua qu'à l'époque du crash le glacier descendait beaucoup plus bas, presque au fond de la vallée. Le Bombay-Londres-Bombay s'était écrasé dans des circonstances mystérieuses, un soir d'automne, en altitude, contre l'arête sommitale du Mont-Blanc. Monsieur René hocha la tête. Le pilote évoqua les conditions météo le jour de l'accident, aérologie délicate, visibilité réduite, plafond nuageux très compact dès 3 000 mètres. Les secours étaient partis de Chamonix et de Saint-Gervais mais la première colonne de sauveteurs avait aussitôt perdu son chef, R. Payot, sous l'Aiguille du Midi, jeté au fond d'une crevasse par une coulée de neige. L'autre caravane, malgré le temps exécrable qui régnait sur le massif, avait fini par atteindre l'épave et ratisser la zone. Les secouristes étaient revenus bredouilles, sans survivant, trimballant une collection hétéroclite de ferrailles qu'on allait retrouver dans les maisons de Chamonix, sur les cheminées, transformées en cendrier, en bougeoir. Restaient les fragments de fuselage, le cockpit à moitié déchiqueté et les deux trains d'atterrissage. Après réflexion, ces morceaux de carlingue furent abandonnés au glacier. Le temps allait passer par là, jouer sa partition. Pas du tout celle qu'on croit, monsieur René... La nature ne réagit jamais selon nos prévisions. Elle se fout de nous. Il a fallu attendre seize ans, seize années de sourdine, d'engluage pendant lesquelles les glaciers ont rampé tranquillement vers le bas. Maintenant ils ne rampent plus, ils fondent. C'est pire, la terre se réchauffe. À l'époque toute cette glace zigzaguait jusqu'à la vallée. Toujours d'accord pour aller voir le Destinataire ?

– Plus que jamais.

Jamil vira sur le flanc droit en précisant que le glacier des Bossons avait mis tout ce temps avant de restituer le premier bout d'avion, un train d'atterrissage. Le train était réapparu là en dessous, devant le refuge, près des séracs, devenant aussitôt une sorte d'objet fétiche. Le passager se pencha en avant, plissa les yeux. Jamil se taisait. Le parapente dériva un moment autour du promontoire, les deux hommes scrutant le sol. On entendit comme un bourdonnement au fond de la vallée, suivi d'un branle-bas sur la plate-forme. Jamil se mit à ricaner. Il attendit que la terrasse soit complètement vide, tira ses poignées de frein, lâcha les suspentes et plongea. René dut s'accrocher à la sellette. L'ange noir arriva sur le refuge, piqua entre les sapins, se redressa au tout dernier moment, amorça sa remontée, frôla la moraine et, au passage, entre les arbres, tenta de balancer un coup de pied au pneu du train d'atterrissage exposé là, derrière des barrières en mélèzes, sur son socle en béton. Il le loupa d'un mètre, vira en catastrophe au ras de la forêt. Le parapente faillit s'embrocher contre un pylône. L'hélicoptère arrivait.

– Roulette avant, monsieur René !... J'en étais sûr ! Ils prétendent tous que c'est un train arrière, mais c'est la roulette.

Le passager était blanc comme un linge.

– Effectivement... Roulette avant, vous avez raison. Mais d'un vieil avion à hélices, peut-être un Lockeed... Lockeed Constellation. En bon état, le train, apparemment.

L'aile se stabilisait tant bien que mal à l'aplomb du refuge. Le glacier des Bossons était tout gris et déchiqueté. Le pensionnaire avait la nausée.

– Roulette avant !

Agaçant, la roulette… Monsieur René bougonna qu'il s'en foutait. La toile bicolore vibrait paisiblement au-dessus de leurs têtes. Le passager demanda à son pilote où ils allaient mais Jamil secoua la tête. Pas de réponse. Jamais de réponse… Monsieur René regarda l'horizon. Long silence. Le parapente planait au-delà des séracs. Jamil finit par sortir quelque chose de son anorak, un quotidien, un vieux journal passablement froissé – *Libération*, mardi 3 août 1999 – et le tendit à son passager. Monsieur René se retint de poser la moindre question, attrapa les feuillets qui claquaient au vent. L'aile reprenait peu à peu de l'altitude, cherchant sa voie parmi les vents de traverse. Bientôt Jamil tendit le bras derrière son épaule et poussa une exclamation, comme un cri de victoire. Il avait trouvé. L'aile gonfla, s'inclina impeccablement. Ils filèrent droit sur l'Aiguille du Midi. Quelques minutes plus tard, ils s'engouffrèrent dans un ascendant chauffé par le soleil. Jamil désigna le nuage qui se formait au-dessus d'eux.

– Idéal… Faudra s'en échapper au bon moment, éviter le point de rosée. Trop casse-gueule.

Monsieur René acquiesça. Ils frôlaient l'à-pic. La chaleur revenait et on se sentait bien entre ces murs de granit ocre. Le passager laissa pendre ses jambes et se plongea dans l'article de journal. Jamil voulut lui montrer les cordées d'alpinistes remontant les parois mais l'autre, d'un coup, ne semblait plus intéressé par rien. Il lisait. Jamil lui tapota l'épaule. D'une voix étranglée, il lui murmura à l'oreille que c'était une lettre, un testament. Monsieur René n'entendait rien. Il termina sa lecture à voix haute, pour lui-même, en mangeant ses mots et se fichant complètement du paysage.

« Excellences, Messieurs les membres et responsables d'Europe,

Nous avons l'honorable plaisir et la grande confiance de vous écrire cette lettre pour vous parler de l'objectif de notre voyage et de la souffrance de nous, les enfants et jeunes d'Afrique.

Mais tout d'abord nous vous présentons les salutations les plus délicieuses, adorables et respectées dans la vie.

À cet effet, soyez notre appui et notre aide, soyez envers nous en Afrique, vous à qui il faut demander du secours. Nous vous en supplions, pour l'amour de votre beau continent, le sentiment de vous envers votre peuple, votre famille et surtout l'affinité et l'amour de vos enfants que vous aimez comme la vie. En plus, pour l'amour et l'amitié de notre créateur Dieu, le tout-puissant qui vous a donné toutes les bonnes expériences, richesses et pouvoirs de construire et bien organiser votre continent à devenir le plus beau et admirable parmi les autres.

Messieurs les membres et responsables d'Europe, c'est à votre solidarité et votre gentillesse que nous vous appelons au secours en Afrique. Aidez-nous, nous souffrons énormément en Afrique, aidez-nous,

nous avons des problèmes et quelques manques de droits de l'enfant.

Au niveau des problèmes, nous avons : la guerre, la maladie, la nourriture, etc. Quant aux droits de l'enfant, c'est en Afrique, surtout en Guinée nous avons des écoles mais un grand manque d'éducation et d'enseignement. Sauf dans les écoles privées où on peut avoir une bonne éducation et un bon enseignement, mais il faut une forte somme d'argent et, nous, nos parents sont pauvres. La moyenne c'est de nous nourrir, ensuite, nous n'avons plus d'écoles de sports telles que football, basket ou tennis, etc.

Donc dans ce cas, nous les Africains, surtout les enfants et jeunes Africains, vous demandons de faire une grande organisation efficace pour l'Afrique pour qu'il soit progressé. Donc, si vous voyez que nous nous sacrifions et exposons notre vie, c'est parce qu'on souffre trop en Afrique et qu'on a besoin de vous pour lutter contre la pauvreté et pour mettre fin à la guerre en Afrique.

Néanmoins, nous voulons étudier, et nous vous demandons de nous aider à étudier pour être comme vous en Afrique. Enfin, nous vous supplions de nous excuser très très fort d'oser vous écrire cette lettre en tant que vous les grands personnages à qui nous devons beaucoup de respect.

Et n'oubliez pas que c'est à vous que nous devons nous plaindre de la faiblesse de notre force. »

– Qu'est-ce que c'est que ce truc ?...

On entendait des cris juste en dessous, des jurons. Certaines cordées se doublaient sur l'éperon. Jamil avait le visage dur. Il affirma que les montagnards lui tapaient sur le système puis il expliqua que c'était un testament, un appel au secours. Il ajouta que le papier journal, même vieux, froissé, usagé, ou africain, protégeait du blizzard à la perfection.

– Je ne comprends pas.

Le pilote dit qu'il se fichait complètement du blizzard. Il ramena son aile au plus près de la paroi, négocia un virage, frôla le rocher, recommença à dire que c'était une prière, une supplique, l'appel de deux gosses prêts au pire pour fuir leur pays, pour attirer l'attention sur l'Afrique... Dérangeant, les testaments de gamins... Immigration clandestine, monsieur René. Un suicide. Yaguine Koïta, 14 ans, Fodé Tourkana, 15 ans, retrouvés morts, congelés, le 3 août 1999, sur le tarmac de l'aéroport international de Bruxelles.

L'aile s'élevait impeccablement le long de la paroi rocheuse. Les doigts du pilote étaient rivés aux commandes. On entendait les alpinistes qui s'engueulaient.

– Deux collégiens de Conakry recroquevillés l'un sur l'autre dans le train d'atterrissage d'un Boeing de la Sabena. Ils espéraient passer en Europe. Évidemment, ils se sont retrouvés pris par le gel, bloqués au fond de la trappe, inertes, durs comme pierre. On n'en sort pas, des trains d'atterrissage.

Jamil précisa que c'était un vol régulier. Il cracha dans le vide. La lenteur des montagnards était exaspérante. Certains essayaient de leur parler. Jamil ne répondait pas. Le parapente laissa en arrière ces araignées laborieuses et atteignit en quelques minutes le col du mont Maudit. Jamil poussa un soupir, bascula vers le Mont-Blanc du Tacul en frôlant l'arête. Ils se mirent à planer au-dessus d'un grand cirque glaciaire. Là, plus personne, plus un souffle de vent, plus de pylône, plus de repère, seulement des ondulations de glace et de roche à l'infini. La lumière commençait à rosir. Le froid pénétrait. Monsieur René rajusta ses gants, serra son col, glissa les mains sous ses fesses, contre la sellette. Ils dérivaient au-delà du monde. Jamil semblait rêver. Il répétait les noms des deux victimes de la Sabena : Yaguine et Fodé, puis récita par cœur, comme si son passager n'existait plus :

« Nous avons l'honorable plaisir et la grande confiance de vous écrire cette lettre pour vous parler de l'objectif de notre voyage et de la souffrance de nous, les enfants et jeunes d'Afrique.

Mais tout d'abord nous vous présentons les salutations les plus délicieuses, adorables et respectées dans la vie. »

La toile vibrait. Jamil décrivit les réactions de l'aile, les ascendants qu'il essayait d'atteindre au centre du cirque de montagne. Il mentionna la survie de certains animaux en altitude, surtout les papillons. Il parla de la beauté des couchers de soleil, des nuages assassins le long des crêtes, de la beauté assassine des sommets, dure et cristalline, celle des langues de glace qui les contournent, les suivent, les lèchent, la beauté de cette terre, la tragédie de cette terre. Après un temps, il parla de la tragédie de l'Afrique. Monsieur René voulut poser des questions mais l'autre l'en empêcha, parla du Soudan, marmonna à son passager qu'il n'aurait pas dû venir, dit des choses incohérentes, des mots sans suite, l'Afrique repliée sur elle-même, fiévreuse comme une main, les repas à la Villa Étincelle, les placards surchauffés, trappes, trains à huit roues, rétraction de bras, perfusion, l'huile qui fige sur place, vous avez froid monsieur René, vous verrez, ça va très vite, les membres deviennent gourds sans qu'on s'en rende compte, la glace pénètre chaque recoin de peau malgré la chaleur au sol. Masselottes de frein, peluches porte-bonheur, disques chauffés à blanc, vacarme assourdissant et froid, froid surtout, monsieur René, froid intense dès 3 000 mètres d'altitude, malgré les couches d'habits enfilées l'une après l'autre dans la canicule, derrière les tôles incandescentes des hangars. Sueur meurtrière accumulée à même le ventre. Épaisseurs de journaux. Décollage dans la ferraille surchauffée. La sueur gèle en moins de dix minutes. Pas le temps de respirer, déjà le froid et la glace partout. Le vent. Ne jamais transpirer. Ne transpire plus. Rester blotti, blotti… Je vous montre les montagnes, vous volez comme un enfant mais moi, depuis toujours, je n'ai qu'une envie, me blottir, monsieur René. Vous comprenez ? Je ne cherche plus à comprendre, je veux seulement me blottir contre des peaux africaines gorgées de vie, des visages, des poitrines, dormir sans plus rien attendre, même pas Dieu, chuchoter, produire de l'air, de l'haleine… Puis, les deux mains sur le ventre, geler d'un coup.

– D'un coup ?

Il éclata d'un drôle de rire.

– Vous voulez toujours voir le Destinataire ?

Le journal claquait entre eux deux. Le passager hocha la tête.

– Jetez ce journal !

– Vous avez traversé la Méditerranée dans un train d'atterrissage, n'est-ce pas, Jamil ?…

– Yaguine et Fodé sont tombés d'un bloc sur le tarmac de l'aéroport de Bruxelles, décollés des glissières, détachés de la plaque de jambe. Logement arrière du Boeing de Conakry. Ils ont chuté l'un après l'autre devant les techniciens de maintenance qui buvaient leur café. Ils avaient les yeux ouverts et les cils encore givrés. Le plus jeune, 14 ans, serrait sur son ventre la lettre que vous venez de lire. Jetez-la, monsieur René.

– Vous emmenez toujours ce journal avec vous ?

– La lettre, oui… Comme les cyclistes. Jamais sans cette lettre de mômes, mon bel article de *Libération*. Ça protège du froid.

Le vieux monsieur ouvrit grand les doigts.

– Du froid comme du reste…

L'aile vira sur le flanc. Le papier s'éloigna, voleta un temps au-dessus du cirque de montagnes puis fila dans le bleu du ciel. Les deux hommes le suivaient intensément, ne s'intéressant à rien d'autre. Le feuillet virevoltait. En bout de course il hésita, se plia en deux, fit une sorte de demi-tour et, avec une désinvolture énervante, revint peu à peu à leur niveau. Jamil bascula son parapente pour l'éviter. Le feuillet frôla l'angle d'attaque de la voile. Jamil vira de nouveau et perdit de l'altitude. Monsieur René poussa une sorte de gémissement au moment où le journal *Libération* se plaquait sur la cordelette de frein. Jamil tenta une ultime contorsion. La lettre remonta par à-coups et resta coincée à mi-hauteur, emberlificotée dans les suspentes.

– L'autre môme tenait son carnet scolaire dans les doigts. Bon élève. Il voulait surtout montrer qu'il était bon élève. À l'Europe, à l'Occident.

– Vous non ?...

– Non. Mais j'étais mieux préparé. J'ai embarqué de Khartoum, au Soudan. J'aurais pu partir de Djedda mais le tarmac est difficile d'accès. On devient fou si on attend trop...

Monsieur René serra son col en éternuant. Le froid commençait à piquer.

– En fait nous sommes trois.

– Trois ?

– Trois rescapés pour je ne sais combien de victimes. Des dizaines, des centaines... Trois survivants, monsieur René : un Sénégalais à moitié fou, renvoyé chez lui par les autorités françaises, un Canadien et moi…

Le grand noir secoua la tête.

– Quatre heures à moins trente degrés. Presque pas d'oxygène. Je me demande pourquoi je raconte ça…

Monsieur René s'appuyait contre lui. La montagne changeait de couleur. C'était glacé, minéral, magnifique.

– Vous voulez toujours descendre voir le Destinataire ?

L'autre ne répondit pas. Le parapente bascula vers les plaques rocheuses qui rosissaient l'une après l'autre, dressées vers le ciel sans ordre ni raison. Jamil marmonna qu'il n'en avait rien à foutre de cet article, que ce n'est pas la vérité qui fait mal, mais la beauté des corps, la beauté époustouflante des montagnes, la beauté scandaleuse de l'Afrique, celle du désert, ou du sexe, et même celle de son pays en train de claquer, où il ne retournerait jamais. Il précisa que l'odeur des sables du Soudan rappelait celle de cuisses entrouvertes, adolescentes, et il éclata de rire en crachant en l'air. Le crachat décrivit une courbe avant de disparaître dans la neige. Les deux hommes le suivirent des yeux. L'ange noir dit que dans un logement de train d'atterrissage, à 10 000 mètres d'altitude, un crachat devient une bille de glace avant même d'atteindre sa cible. Il gèle à mi-trajet. Puis Jamil annonça qu'il allait faire froid ici également, très vite, et qu'il fallait se grouiller. D'accord pour le Destinataire ?… Le passager hocha la tête. Le parapente piqua du nez, descendit en tournoyant vers le glacier. Monsieur René se colla au pilote.

Une couche de froid mortel chapeautait les séracs. On sentait le gel partout. À cinquante mètres, le pensionnaire commença à tousser. Jamil se mit à planer là au-dessus en clignant les yeux. Soudain, voilà, il poussa une exclamation. Le monde était en place. Il fallait seulement serrer les dents. Le froid sévissait, le Destinataire attendait fidèlement dans sa niche, survolé par un rescapé africain et un vieillard en train de se moucher. Tout était pour le mieux. Le parapente dérivait dans des paysages stupéfiants, la toile vibrait en toute sérénité. Les corps d'enfants tombaient l'un sur l'autre comme pierres sur un tarmac, une aide-soignante déshabillait son nouveau-né et ne pouvait plus laver les vieux, la lumière ocrée de fin d'après-midi caressait les plus belles montagnes du monde. Au milieu, tout en bas, incongrue, une silhouette se penchait vers la chute de séracs, là où le glacier cesse sa reptation et bascule en avant.

– Vous avez vu ?

Jamil descendit un peu. La lumière changea. Monsieur René eut un mouvement de recul et se mordit les lèvres en apercevant la silhouette penchée devant l'empilement de blocs. Le Destinataire se détachait parfaitement sur l'échine du glacier. Jamil avertit que s'ils prenaient pied ce serait difficile pour redécoller. Monsieur René hocha la tête. Le pilote demanda à nouveau s'il voulait vraiment descendre. L'autre hocha la tête. Ils plongèrent, dégringolèrent jusqu'à un éperon neigeux faiblement incliné, affalèrent leur voile et s'enfoncèrent à mi-mollet dans la neige. Jamil arrangea le parachute puis fit quelques pas. Le Destinataire les attendait dans la glace, debout, penché en avant, avec son chapeau ridicule et son vieux piolet collé à la jambe droite, brisé en deux. Son menton retombait sur la poitrine mais ses yeux restaient ouverts, confiants, le bras gauche à peine tordu en arrière. Une moustache bien fournie lui mangeait le visage et lui donnait un air candide, quasi malicieux.

– Qu'est-ce qu'il fait jeune !...

– Soixante-quinze ans.

Jamil aida son passager à sortir de la sellette et ils avancèrent ensemble sur la languette neigeuse. Le Destinataire les regardait, immobile, les yeux écarquillés, la main droite gantée. Jamil sortit un couteau de sa poche, une lame africaine bien épaisse, s'agenouilla et se mit à creuser la glace.

– Il s'appelle René... comme vous. René Charlet, guide de montagne, disparu dans le massif du Mont-Blanc le 13 ou 14 juin 1947. Marié, père de trois enfants. Faudrait recouper les dates. Il a encore son sac derrière lui... J'ai commencé à le dégager mais c'est long. Je ne veux pas toucher au corps, seulement contrôler l'identité.

– Vous avez averti la police ?

– La police, on s'en fout, monsieur René... Tout le monde s'en fout. Le monde change, le climat change aussi, les glaciers fondent et, bien entendu, la montagne rend ses alpinistes... Pour nous, ce sont vos avions d'Europe qui nous restituent les enfants. Congelés aussi.

– Et sa famille, Jamil ?

– Quoi, sa famille ?... Vous imaginez sa femme, ses enfants, ses petits enfants arrivant ici en hélicoptère pour retrouver leur grand-père, un vieux monsieur aux chairs flasques, bedonnant comme eux, au crâne dégarni, aux cheveux rares et blancs comme neige... L'ancêtre, celui qui a donné naissance à la lignée... Et bien c'est raté. Voilà René Charlet, un jeune homme tout fringant, noiraud, svelte, immobile, qui les attend imperturbablement dans la glace, les fixant pour l'éternité de son regard voilé. Un beau garçon bien mieux conservé qu'eux.

Jamil se frotta les mains.

– Je vais vous dire, le Destinataire ne resurgit que pour nous... Pour nous deux.

L'autre se mit à tousser.

– Froid ?...

– Transi.

– Moi, je ne sens même plus le gel. Je pourrais passer mes journées aux pôles. Enfilez mon anorak.

Il couvrit les épaules de son passager et retourna creuser autour du guide. Les ombres commençaient à s'allonger. La lumière jouait magnifiquement entre les masses bleutées des séracs. L'ange noir ne voyait rien. Il s'échinait devant son bloc de glace. Monsieur René sautillait derrière lui. Il faisait de plus en plus froid.

– On repart, Jamil, s'il vous plaît...

Ils repartirent. Jamil hocha la tête, dit qu'il lui avait montré l'essentiel, qu'il fallait renoncer à dégager le sac à dos, rassembler les débris et les entasser aux pieds du Destinataire, tout bien remettre en place. Ils n'emporteraient que le bout de piolet. Jamil le lui confia en dépliant son parapente. Monsieur René acquiesça, réprima une nouvelle quinte de toux. Puis il eut cette drôle de réaction : il enleva l'anorak, fit quelques pas sur la plaque neigeuse, ôta son bonnet devant le guide, enleva ses moufles et, à peau nue, lentement, rêveusement, malgré le gel qui mordait de toutes parts, se mit à lui frôler le visage à travers la glace. Ses mains tremblaient. Jamil sourit, regarda son passager caressant le sérac. À l'intérieur, René Charlet semblait très satisfait. Ainsi, après tant de temps, des doigts le touchaient… Ses yeux grisâtres regardaient droit devant. Ils perçaient bien cette matière le maintenant debout, le conservant depuis des décennies. Ils traversaient sans difficulté le corps de ses deux visiteurs et fixaient quelque chose au loin, derrière la ligne de montagnes.

Ce regard-là, plus ce geste-là, cette caresse-là, étaient infiniment rassurants. Monsieur René ouvrit la bouche pour le dire. Pas besoin de le dire. Il n'avait presque plus de dents sur le devant. On sentait le gel partout, dans le dos, sur les paupières, le front, les gencives. Il ne dit rien, poursuivit son geste une seconde, se tourna vers Jamil qui préparait le parapente et chuchota que ça suffisait comme ça.

13

Ils perdirent du temps à se préparer. Rien à voir avec l'élévation exemplaire du plateau d'Assy. Peu d'espace libre devant eux, pas de rampe, pas d'abîme sur quoi s'appuyer. Le décollage s'annonçait difficile et périlleux. Jamil dut renoncer plusieurs fois de suite, préférant affaler la toile au tout dernier moment plutôt que de plonger tête la première vers les crevasses du glacier du Tacul. Monsieur René faisait de son mieux pour l'aider mais la lumière baissait, le soleil s'éclipsait d'un col à l'autre et le froid les clouait au sol. Les deux hommes ne parlaient presque plus. Ils se plaçaient l'un derrière l'autre, couraient à la recherche d'une masse d'air en mouvement, bienveillante et introuvable, puis retombaient plus ou moins lamentablement sous les yeux du Destinataire. La plaque de neige était toute piétinée. Jamil revenait vers le sérac en tirant sa toile, la déployait en arc de cercle, contrôlait les suspentes. Il se prenait une seconde le visage dans les mains, donnait le signal… Ils n'avaient pas vingt mètres pour prendre leur élan. Monsieur René claudiquait du mieux possible avec son pilote mais sentait que c'était inutile, la pente était trop faible, la chape de froid trop intense.

Après le quatrième essai ils vidèrent la gourde, s'allégèrent au maximum. La glace luisait dans l'ombre, prenait des formes étranges. Jamil commença lui-même à frissonner et décida d'abandonner la plupart de ses affaires : l'altimètre, la pochette de cartes, les deux sacoches, le couteau africain, la pharmacie de secours, la réserve de nourriture, environ sept ou huit kilos, auxquels il ajouta au dernier moment ses bottes de montagne, trois kilos. Il lui fallait un geste absurde, définitif. Monsieur René le regarda délacer ses chaussures avec un sourire attendri et abandonna les siennes de la même façon. Il laissa aussi son bout de piolet. Jamil le récupéra. La panne métallique était martelée au nom de Charlet, René Charlet. C'était une preuve. Le pensionnaire de la Villa Étincelle sautillait sur place, tapait dans ses mains. Il fixa son pilote yeux dans les yeux et ils s'étreignirent comme des adolescents. Le soleil réapparut entre les cimes, voilé de brume, presque froid. Jamil l'ignora, le laissa poursuivre sa course au ras des crêtes. C'était le moment. Ils s'élancèrent dans la pente étroite, l'un pieds nus, l'autre en chaussettes. Le vieux monsieur se tenait la hanche de guingois. Le Destinataire continuait à les fixer de ses yeux gris-bleu, à demi penché dans la glace.

Jamil réussit à gonfler son aile. Il la retourna vers les parois de granit, là d'où pouvait venir le vent. Ils parcoururent ainsi une trentaine de mètres, la toile à demi tendue et eux à demi portés, leurs pieds battant l'air, cherchant partout des appuis pour faire rebondir l'engin. La toile avait tendance à s'affaler. Elle trouva sa cambrure juste après la plaque de neige, se galba d'un coup, les ramena en rase-mottes vers la barrière de séracs. Ils gagnèrent de la hauteur mais restèrent suspendus aux limites de la masse de froid qui couvrait le cirque. Jamil était très tendu, il manipulait ses commandes avec une lenteur et une minutie inquiétantes. Son passager ne bronchait pas. La moindre fausse manœuvre pouvait les rejeter au sol.

Puis il y eut cet événement étrange, totalement inattendu : un téléphone portable se mit à bourdonner sous la sellette, émettant sa petite sonnerie ridicule. Monsieur René ne put s'empêcher de rire. L'autre pas du tout. Il arracha l'appareil fixé au siège du parapente, le balança dans le glacier en gueulant qu'ils faisaient déjà assez les cons, que l'aile allait tomber. De fait, ils perdaient à nouveau de l'altitude. Ils durent se coucher l'un sur l'autre pour passer le premier sérac. Le portable avait atterri sur un pont de neige. La sonnerie continuait. Ils eurent l'impression de survoler la chansonnette. Le pilote tira le corps de monsieur René contre lui, la sellette racla la glace mais ils passèrent. Une dépression les attendait de l'autre côté, sorte de vallon moins crevassé, de cuvette où, en plein midi, serpentait l'eau de fonte. L'aile se cabra là au-dessus comme un cerf-volant. Ils s'élevèrent de dix bons mètres, leurs pieds recommencèrent à pédaler dans le vide.

Alors tout changea. Ils avaient franchi le premier obstacle. Le parapente se mit à osciller en captant les plus infimes flux d'air, les brises de pente à peine perceptibles. Ils reprirent un peu d'altitude, traversèrent progressivement le couvercle d'air gelé et parvinrent à s'immobiliser juste à l'aplomb des séracs, en vol stationnaire. Jamil siffla entre ses dents. Voilà. Ils ne retombaient plus. L'ombre du parapente glissait d'une crevasse à l'autre. La voile était tendue, galbée, frissonnante. Ils étaient saufs, ils volaient, décrivaient maintenant de grands cercles réguliers, montaient vers le col. Jamil récupéra un ascendant au-dessus de la rimaye occidentale, le long des falaises encore touchées par le soleil, puis rejoignit le thermique central, peu actif, peu tonique mais régulier. Monsieur René s'agitait devant lui. Il bredouilla quelque chose, éclata de rire, toussa, finit par bourrer de coups les mollets de son pilote et pousser un long cri de joie, une exclamation assez saugrenue qui résonna dans tout le cirque. Il toussa de nouveau. L'autre sourit, lui frotta les épaules. Le parapente montait de lui-même. Les choses rentraient dans l'ordre. Le Destinataire restait derrière eux. La chape de froid se refermait sur la langue glaciaire avec sa lenteur immuable, immobilisant ce qu'elle voulait là où elle le voulait. Les morts trouaient l'épaisseur de glace de leurs yeux gris-vert. Les vivants exultaient. Jamil se mit à chanter en arabe.

Ils se hissèrent jusqu'au col et basculèrent au même endroit qu'à l'aller, frôlant du pied l'arête de neige sculptée. Monsieur René posa alors le menton sur la tubulure de la sellette et resta ainsi un long moment sans bouger, à contempler la vallée. Il ne toussait plus. On voyait à nouveau les voitures en bas, les camions minuscules sur l'autoroute. Jamil vira devant les Aiguilles de Chamonix, sentit une secousse entre ses jambes mais ne s'inquiéta pas. Ils plongeaient allégrement vers la civilisation. Très vite, pour le plaisir, pour oublier l'angoisse, le pilote se mit à descendre comme un fou, sautant de palier en palier sans égard pour son aéroplane. Après quelques bonds assez inconséquents, il réussit à cabrer l'aile sous la station du téléphérique, face aux parois de granit. Le parapente resta à osciller dans les vents de traverse. Monsieur René n'applaudit pas cet exploit. Il ne disait rien, ne chantait plus, ne commentait pas.

Jamil recommença à descendre. La brise de montagnes les caressait. Jamil parla de Gibril, l'ange transmetteur, celui qui part féconder Marie avec de l'air. Il lui dit que la mère des chrétiens, la mère du petit envoyé de Dieu qu'on appelle Christ avait été engrossée par de l'air… À ce moment il sentit comme une approbation. Il eut la certitude que monsieur René acquiesçait. Le soleil se couchait lentement devant eux, illuminant les falaises du Brévent. La toile bicolore les portait. Elle planait à la perfection. Jamil continua d'évoquer les anges, les prophètes Abraham et Moïse, les autres guides de l'Islam, tous les messagers d'Allah. Il parla des marelles célestes, du souffle divin initial, de l'immense vent amoureux d'où allait s'éveiller le cosmos. L'autre ne répondait toujours pas. Alors Jamil glissa son bras sous la sellette et lui secoua la jambe. Le visage du passager s'aplatit en avant. Jamil prit soudain très peur.

Il s'écarta brusquement de la falaise. Le menton de monsieur René ripa de nouveau, mais en sens inverse, et revint buter contre sa poitrine. Jamil vit la main qui pendait, inerte, tenant toujours le bout de piolet cassé. Il vit les doigts crispés sur les tubulures. Une rafale secoua le parapente, obligeant à corriger la trajectoire. Jamil serra les mâchoires et corrigea. L'aile bicolore réagit idéalement. L'aéroplane effectua dans l'air du soir un virage très gracieux, très régulier. Le pensionnaire de la Villa Étincelle bascula en arrière, revint s'appuyer contre le torse du pilote et sa tête se bloqua dans son cou, yeux grands ouverts, bouche étonnée, presque rieuse.

Jamil se mit à pleurer sans un mot, ses larmes roulant l'une après l'autre, rondes, denses, ramassées sur elles-mêmes. Elles luisaient un temps sur sa peau puis séchaient au vent. Jamil gardait le visage de monsieur René contre lui. Il le caressait. Le parapente dérivait d'une paroi à l'autre.

Jamil arrêta de pleurer et imagina remonter vers le col, aller se délester de son compagnon devant le sérac bleuté. Cette perspective, cette image du vieil homme abandonné sans vie aux pieds du Destinataire le fit hurler de douleur. Il tournoya sous les pylônes du téléphérique en criant comme un fou. Il eut une nouvelle réaction. Il lui fallait sentir le froid, la mort, s'exposer à son tour à la souffrance et au gel, se mettre à moitié nu. Il se déshabilla en plein vol tout en maintenant le corps de monsieur René empêtré dans les suspentes. Il dégrafa son blouson, le balança dans le vide, arracha son pull, sa chemise, son écharpe. Il jeta la moitié de ses habits au loin. Il devait affronter le vent des glaciers, sentir l'étreinte du froid. Il pleura sans mesure. Le gel mordait mais le corps du passager était encore doux et tiède. Le mort de la Villa Étincelle collait à lui et réchauffait son épiderme.

Jamil eut comme un sursaut. Il regarda les montagnes immuables, glacées, somptueuses dans le soleil couchant puis, sans la moindre hésitation, débloqua les sécurités du parapente, dégoupilla tout ce qu'on pouvait dégoupiller et plongea d'un coup sur Chamonix. L'aile fondit comme un oiseau vers le long ruban gris de l'autoroute. Jamil prit le maximum de risques. Les camions se doublaient en bas, minuscules, d'une lenteur infinie. Les parois défilaient, la lumière déclinait. Alors Jamil se remit à parler à son passager. Il évoqua pour lui, à haute voix, les étranges marelles célestes qui nous départagent tous les uns après les autres, il salua Yaguine et Fodé, les deux petits Guinéens coincés dans leur trappe de train, puis salua le guide Charlet et, longuement, l'aide-soignante de la

Villa Étincelle, Léandra, qui les attendait tous deux quelque part. Enfin, alors que la tête de monsieur René tapait sur son ventre, il lui chuchota que les anges transmetteurs restent postés un demi-jour entier au-dessus des corps inertes, frileux, des corps sans vie et des oiseaux.

14

Je m'en fous, Jamil, de faire l'amour aux endroits que tu choisis, sur une rambarde de pont, au bord d'une falaise, dans l'eau, dans l'air, au sommet d'un manège, dans des nacelles en plastique… Tu te souviens de la seule fois où nous avons fait l'amour dans un lit ?… Tu étais tellement désarçonné, coupable, tu guettais tellement ma respiration, attendant les moindres signes du plaisir… Évidemment, dans ce contexte, rien ne pouvait nous arriver. Tu ne parlais même pas. Je n'avais pas encore compris que tu ne parles vraiment qu'aux vieillards et aux enfants. À Monsieur René. À Alice…

Je t'ai aimé aussi pour cette tentative ratée, me fichant du déshonneur comme à présent je me fiche de ton passé, de tes obsessions. Tu ne l'as pas supporté. Les hommes ne comprennent rien à l'abandon. Me voilà lancée à ta suite, en plein brouillard, sur le câble que tu as tendu sans dire un mot. Tu te souviens de la mire du funambule, Jamil ? Je ne sais même pas où tu vas, même pas où tu te caches, si tu es encore en vie... J'ai peur. Seulement ça. Peur...

Je vais changer de travail. Obligée après la mort de monsieur René et après ta fuite... Les flics ont commencé par fouiller l'appartement de fond en comble. Deux ou trois fois. Je regardais faire. Tout était en suspens. Les enquêteurs fouillaient et, moi, pendant ce temps, je pensais à tes mains, Jamil... Voilà : les policiers fouillent et ton corps me manque. Ils explorent mes pièces et mes placards et je ne peux m'empêcher de me rappeler les moments où tu m'examinais aussi de fond en comble... Ta peau me manque, tes yeux lavés et soucieux me manquent, leur inquiétude, leur épouvante quand tu éjacules. Je l'ai vu. Ils pâlissent à ce moment-là, tes yeux deviennent presque gris. Un grand black aux yeux gris, inquiet de ce qui va lui arriver. J'avale ma salive. Un noir aux yeux clairs. Un équilibriste, un saltimbanque.

J'avale ma salive aussi lorsque je passe devant la chambre de monsieur René. Je n'y passerai plus très longtemps. Dans son lit, à sa place, il y a une petite femme revêche qui croit toujours qu'on la vole. Cocasse, non ?... J'ai de nouveau envie de voler avec toi, mon pilote qui se fout de tout. J'ai envie de toi. Il va falloir se retrouver avant les enquêteurs et te convaincre que c'est vertigineux, un ventre, bien plus que toutes les falaises du monde, les à-pics, les glaciers et le reste... Infiniment plus prometteur, infiniment plus risqué.

Comprends ça, Jamil… Moi, j'essaie de comprendre pourquoi tu apprécies tant l'altitude, le plein air, le vent et le froid… Si on comprend ensemble, on se retrouve.

15

« Première à droite, après le grand cheval couillu… »

Facile à repérer, le rond-point du grand cheval couillu… La brigade de gendarmerie, c'est juste après. Un supermarché, un feu rouge et, cent mètres plus loin à droite, l'esplanade habituelle des brigades françaises avec sa grille en fer, son arbre central, le mât aux couleurs dans la cour, la cordelette en plastique s'enroulant jusqu'au drapeau. Trois véhicules sont garés côte à côte devant l'entrée. Le sol est luisant, il a plu. Le drapeau ressemble à une serpillière mal rincée. Léandra marche sur le trottoir à grandes enjambées, son manteau sous le bras. Elle approche du portail, se ravise, recule jusqu'au rond-point et en fait le tour deux fois de suite, sans raison, en sautant les touffes de lavandes. L'herbe est mouillée. Il fait gris, nuageux, mais la lumière est très douce. Derrière le portail électrique, les couleurs sont hissées et l'enseigne de la gendarmerie nationale brille faiblement. L'arbre unique trône dans la cour, un olivier de réemploi assez vieux, noueux, mal couronné, envahi de surgeons. Quelques enfants jouent au vélo sur le goudron. Aux pieds de Léandra, les lavandes dessinent des cercles concentriques, taillés et bien joufflus. La ville est sale mais ordonnée, on pourrait la réduire à ce rond-point décoré de fleurs, de crottes de chien, de traces de freinage et de sacs en plastique, avec un grand cheval couillu au centre, joufflu lui aussi, prénommé Hagard-hagard. Tout le monde l'appelle Hagard-hagard… Même les flics.

Léandra parle à voix haute au milieu des lavandes. Elle répète ses questions au brigadier de gendarmerie Marc Faure, son ex-mari, à qui elle vient ramener la boîte de calissons vide et le slip à l'intérieur. Le soleil réapparaît entre deux immeubles, au loin, très voilé. Elle le fixe en plissant les yeux, se dit qu'il faudra regarder Marc Faure avec beaucoup de prudence aussi, de tact, comme un astre déclinant et dangereux, en sommeil. Il s'agit de lui tirer les vers du nez. Elle sourit. Marc est plutôt un rigolard. Les rigolards sont souvent peureux. Elle ramène ses cheveux en arrière, saute une nouvelle rangée de lavandes. La jupe jaune safran passe d'une touffe à l'autre, les tiges sont rincées par l'averse. On commence à la klaxonner. Là, soudain, au premier coup de klaxon, elle éclate de rire. Elle est sûre de réussir. Il se marrait déjà en apprenant sa visite au téléphone. Pauvre Marc, il se marre trop.

Elle lève le nez vers Hagard-hagard dressé sur ses deux pattes arrière et se dit qu'elle aurait mieux fait de le contourner dans l'autre sens avant de prendre sa décision. Commencer par le cul du cheval plutôt que les babines, la queue plutôt que la crinière… À l'enterrement de monsieur René, tout le monde était comme ça, hagard, paumé, tâchant vaguement de comprendre. Elle hausse les épaules. On ne comprend jamais rien vaguement. L'amour, c'est pareil : des zones d'ombre à la pelle mais pas d'imprécision. La mort aussi, surtout la mort… Jamais d'imprécision. Au revoir, monsieur René, salut la Villa Étincelle… Cérémonie expédiée à l'église, expédiée au cimetière, cortège clairsemé, essentiellement le personnel de l'hospice, les aides-soignantes en rang d'oignon, les infirmières et bien sûr le directeur à leur tête, impénétrable, triste, attifé. Une assistance disparate, réunie là sans raison particulière, peut-être tout simplement à cause de l'odeur du crime, ou du temps exceptionnellement doux et ensoleillé cette semaine-là, ou à cause des flics traînant dans les parages. L'enquête venait à peine de commencer. Parmi les inspecteurs, un homme furetait dans les allées, un gendarme en uniforme arrivé du Vaucluse le matin même, en compagnie d'un stagiaire boutonneux lui servant de chauffeur : Marc Faure… Hagard lui aussi.

Avec ça, aucune nouvelle de Jamil.

Un nouveau camion s'engage en klaxonnant dans le rond-point. Le semi-remorque frôle Léandra, éclabousse sa jupe et ses chaussures. Elle trébuche dans les lavandes, s'égratigne les mollets, fait un bras d'honneur au conducteur et, à la seconde, repense à monsieur René. Quand elle mentionnait le cheval couillu de Valréas, son pensionnaire favori de la Villa affirmait que c'était un centaure. Il disait ça sans l'avoir vu, juste en la regardant passer d'un couloir à l'autre, en l'écoutant parler… Léandra est seule au milieu du rond-point, elle parle à haute voix, se sent soudain cafardeuse. Sa fille lui manque. Alice et monsieur René lui manquent, Jamil aussi. Surtout Jamil. Les hommes lui manquent.

Elle traverse l'avenue, marche d'une traite vers le portail de la gendarmerie. L'olivier est beau dans la cour avec ses rameaux tout droits, rincés de pluie, luisants d'humidité.

– Y en a marre… Plein le cul, Léandra. Y en a vraiment assez de cette ville de merde – un vrai trou, tu peux me croire –, marre de la brigade, des petits chefs, des uniformes… Avec ça, on se fait totalement chier dans l'Enclave des papes… Vive l'Enclave des papes ! Bon, salut. Tu viens me voir pour la petite ?

– C'est les vacances. Je t'amène Alice la semaine prochaine.

– Impossible, je suis d'astreinte.

L'aide-soignante enlève son pardessus, le dépose sur le dossier de la chaise, s'assied face au bureau en ramenant la jupe sur ses genoux. Elle a les mollets tout luisants. Elle fronce le nez. On dirait une collégienne. Le brigadier enregistre ces nouveautés, détaille son ancienne femme, la trouve belle et résolue. Il sourit. Le manteau goutte un peu sur le carrelage, la cotonnade de la jupe jaune, très courte, dévoile sans complexe les grosses jambes. Il attrape son stylo, commence à le mordiller. Tandis qu'il suçote le capuchon du stylo, une sensation gênante lui gagne le bas des reins, doublée dans la tête d'une chansonnette assez ridicule.

La chansonnette, pas de problème, il la fredonne en surveillant la porte du bureau, un œil sur les cuisses découvertes, bordées de jaune, un autre sur le portrait officiel du président de la République accroché au-dessus de l'entrée.

« Je caressais son corps parfait,
L'amour répondait en secret...
J'entrais dans son petit cabinet,
La mort y rôtissait des navets... »

– Conneries.

Il se gratte le menton. Léandra ne réalise pas qu'il la mate, que son sourire change. Là, devant cette peau humide, perlée, devant la jupe jaune citron et le halo d'innocence tout autour, c'est du temps qu'il faudrait. D'abord garder la chansonnette pour soi, garder aussi le reste, les souvenirs, la nostalgie, le sexe, s'occuper du boulot, ignorer cette candeur qui inonde le bureau en toute impunité... « Je m'ouvrirai, je serai douce et accueillante. » Il se mord les lèvres. Il n'a pas oublié la nacre entre les cuisses un peu lourdes, la moiteur soyeuse. La moiteur joyeuse. L'abandon. D'un seul coup, il repense à la moiteur joyeuse du sexe de Léandra et il perd pied brutalement, lâche son stylo, feuillette en vitesse les dossiers traînant sur la table, replie la photographie accrochée en première page de la chemise cartonnée, tâche de se concentrer sur le planning, les corvées du jour, mais non, c'est précis. Marc Faure, brigadier-chef à Valréas (Enclave des papes) se met à bander. Léandra ne se rend compte de rien. Elle tire seulement sa jupe sur ses genoux. Le brigadier referme le constat de gendarmerie et essaie de regarder ailleurs, la fenêtre, l'olivier dans la cour, les enfants qui jouent entre les bacs. Quelque chose s'impose, un accroissement incongru et tyrannique, de sa petite personne. Vérification sous la protection du bureau. Il pose les doigts sur sa braguette, laisse échapper un soupir. Son sexe est décevant, gonflé à la va comme je te pousse.

– On n'avertit jamais personne dans cette brigade de merde. On ne sait pas pourquoi on est réquisitionné ni combien de temps ça dure. Impossible de garder la gamine…

Léandra secoue la tête, hésite à parler puis se tait et fixe le sol de la gendarmerie, les alignements de carreaux.

– Pour autant je suis content de te voir. Très content, Léandra. Tu as l'air en forme mais tu ne dis rien. Pourquoi tout ce voyage ?… Pas seulement pour Alice, quand même ?

Elle regarde le sol comme une enfant, serre les jambes face au bureau. Lui, brigadier-chef à Valréas, la surveille en coin. C'est plus fort que lui, impossible d'oublier la moiteur joyeuse.

– Je vais te trouver quelque chose pour sécher tes jambes.

Elle fixe ses pieds. Agaçants, ces silences de boudeuse… Il détaille à son tour les chaussures, des mocassins gorgés d'eau, défraîchis, passés de mode. Il a plu. Ça l'énerve de penser à l'averse de cette nuit, de reluquer en douce les griffures sur les mollets de son ancienne femme. Ça l'énerve de savoir la raison de sa visite. Tout l'énerve : l'humidité ambiante, son bureau trop petit qui sent le placard et le vieux mégot, la lumière blanchâtre des néons, le crépi qui se décolle, la photo du président, la braguette moyennement gonflée. Il se reprend, oublie la moiteur, la soie, la douceur incompréhensible, plisse les yeux. Tout ça, c'est du passé. On ne l'allumera pas avec des jambes griffées et un bout de tissu ridicule. Il récupère son dossier, le claque sur la table.

– On le recherche, ton mec.

Silence.

– Enfin, ton mec…

Léandra se mord les lèvres.

La jupe, c'était sans raison précise, peut-être à cause de l'été qui ne s'arrête plus, des chaleurs tardives, de l'enterrement de monsieur René. Elle se sent déshabillée et sale. Il a une façon carnassière de la détailler. Elle finit par ouvrir son sac et en extirper le caleçon, puis le reste de la boîte de calissons qu'elle balance sur le bureau. Elle repart au fond du sac à la recherche de mouchoirs en papier, frotte ses jambes avec. Les mouchoirs se transforment en une boulette informe. Elle essuie quand même. Il ne la quitte pas des yeux. Son geste est stupide, inefficace mais très poignant. Léandra garde les mouchoirs dans ses doigts.

Il se penche en avant, essaie de lui prendre la main. Elle semble accablée.

– Tu ne voudrais pas revenir quelque temps avec moi, Léandra ? On pourrait à nouveau faire un bout de chemin. C'est peut-être le moment d'essayer quelque chose, tous les deux, non ?... Au moins pour Alice.

– Arrête, Marc, on va s'engueuler.

Son visage s'est durci. Elle récupère le manteau et couvre ses jambes. Le brigadier de gendarmerie Marc Faure replonge dans ses dossiers. Il triture le capuchon de son stylo. Ça l'énerve, de triturer à nouveau. Il débande et a l'impression qu'elle ricane. Il lorgne sa femme. Plus rien à lorgner.

– Pose tes questions. Deux questions, pas une de plus.

– Tu ne veux pas prendre la peine de m'écouter ?...

– C'est ça, ta première question ?

Elle acquiesce, mal à l'aise.

– Plus le temps...

Elle le dévisage avec un sourire méprisant.

– Plus le temps... C'est ma première réponse.

– OK, Marc, on arrête...

Elle enfile son pardessus, traverse la pièce, se retourne au moment de franchir la porte.

– Qu'est-ce qui s'est passé exactement à Chamonix ?

Ils se regardent avec insistance, visages tendus.

– Jamil Souad a largué le corps du vieux au début de son approche. La victime a fait une chute d'une trentaine de mètres. Plusieurs témoins ont vu son corps tomber, bouler près de la rivière. Le pilote a continué à voler torse nu au-dessus des maisons, un bout de piolet sous le bras. Il a doublé la zone d'atterrissage, s'est posé en limite du terrain, le plus loin possible. Une fois au sol, il a tout abandonné, y compris l'aile, a traversé le champ au pas de course, sauté dans sa voiture, une Opel Corsa blanche qu'on a retrouvée deux jours plus tard près de Grenoble, sur un parking de supermarché. Après ça, rien... Les médecins pensent que monsieur René était déjà mort en touchant le sol. Ce n'est pas l'impact qui l'a tué. Il faut déterminer la cause du décès – meurtre, accident, crise cardiaque –, savoir si le pensionnaire de la Villa était vivant quand on l'a éjecté de la sellette. Bien entendu il faut aussi comprendre pourquoi on l'a poussé... On m'a affirmé que ce n'est pas trop difficile, pour un pilote aguerri, de maintenir contre soi un corps inerte à l'instant de l'atterrissage... Il paraît que c'est beaucoup plus compliqué de l'extirper du harnais en plein vol. Le parquet de Grenoble s'occupe de l'affaire. Un avis de recherche a été lancé. Jamil Souad est soupçonné d'homicide.

L'aide-soignante baisse la tête, bredouille quelque chose entre ses dents.

– Léandra…

– Non.

Elle fait un dernier va-et-vient dans la pièce, jette un coup d'œil sur les gosses dans la cour puis se ravise. Elle s'assied à côté de lui, tout près, lui prend la main, raconte d'une voix sourde ce qu'elle a fait au sommet du Vercors, comment elle a balancé le slip, bouffé les calissons. Il lui sourit.

– Écoute-moi bien, Léandra…

Il caresse ses doigts, les trouve chauds, les serre bêtement, lui fait mal. Elle se raidit sur son siège.

– Écoute, Léandra. On oublie tous ces trucs, on oublie mes conneries à la naissance d'Alice, la Villa Étincelle, Saint-Andéol, ton black, cette aventure de merde. On tire un trait sur tout ça et tu viens me rejoindre à Valréas. Moi, j'arrête la brigade et on monte une affaire tous les deux, une pizzeria, un magasin de fringues, n'importe quoi… Un pressing, Léandra ! Pourquoi pas un pressing. En hiver c'est génial, les pressings… Pressing Faure. « *Marc Faure. Enclave des papes. Pressing.* »

Elle hausse les épaules, retire sa main, la pose à plat sur le bureau et fixe quelque chose au-dessus de sa tête, peut-être la tache de crépi fendillé autour du visage du président de la République.

– J'ai déjà trouvé le slogan !

Elle le toise.

– Je m'en fiche du slogan. Je veux seulement

comprendre pourquoi tu t'occupes de cette affaire, Marc… Pourquoi c'est toi qu'on a choisi.

Il lui attrape le bras par-dessus le bureau, tord ses doigts, fredonne la chanson de tout à l'heure.

« *J'entrais dans son petit cabinet… La mort y rôtissait des navets.* »

Léandra n'ose pas se dégager. C'est parti pour les blagues et la violence ordinaire. Dehors, les enfants ont changé de jeu. Ils se poursuivent autour du mât, certains grimpant à l'arbre, prenant pied dans la couronne de l'olivier. Le plus résolu avance le long de la branche maîtresse. Elle voit son visage concentré derrière la vitre, ses mains crispées sur les rameaux. Il lève les yeux, lui tire la langue.

– Ça fait dix jours qu'on a repéré un Africain traînant dans le secteur de Valréas, dont le signalement correspondrait à celui de Jamil Souad… Y'a pas mal de beurs ici, mais très peu de noirs, surtout de cette taille… Pas plus compliqué, Léandra… Maintenant oublie ce mec.

– Jamil n'a tué personne.

– On s'en fout, de Souad… Oublie, imagine la nouvelle vie, plus d'hospice, plus de vieux à torcher, seulement un commerce à tenir, notre pressing, un grand local vitré, lumineux, avec mon slogan au-dessus de la porte.

– Je les connais par cœur, tes slogans.

– Pas celui-là, Léandra, pas celui du pressing.

Elle hausse les épaules.

– *« Pressing Faure. Vous avez fort à faire ?... Le fer de Faure fera l'affaire ! »*

À peine un sourire. Elle détourne la tête, examine ses ongles. Puis elle tapote le bureau et, d'une voix assourdie, rauque, voilée, demande une nouvelle fois s'ils ont localisé Jamil Souad. Le brigadier jette un coup d'œil à ses jambes. La voix lui fait penser aux cuisses, c'est rageant. La jupe remonte à nouveau. On dirait une fleur mal close, ce bas de corps, deux tiges disjointes, lourdes, parfumées, méprisantes, avec un bouton rouge à l'intérieur. Ridicule. On ne sait jamais rien de l'intérieur. Ça l'agace d'avoir envie d'en voir davantage, la forme de la culotte, sa couleur, l'imaginer toute blanche, avec de la dentelle au milieu. Ça l'agace de voir sa femme si distante, impassible. De recommencer à bander.

– *« Pour le faire, on repassera. »*

On n'y arrivera pas. Il répète encore une fois sa maxime, tristement, pour lui seul.

– *« Le fer de Faure fera l'affaire... Et, pour le faire, on repassera... »*

Dégoûté... Marc Faure n'a plus envie de se marrer, il n'aime plus du tout l'expression de sa femme, ses yeux qui supplient et ses lèvres qui méprisent. L'écart de la bouche est laid. Ses bras croisés essaient bêtement de cacher sa poitrine. Dessous, il y a encore le bouclage de la fleur, dédaigneux, définitif... Léandra demande à nouveau si les enquêteurs ont retrouvé Jamil. Elle a un sourire bizarre, aguicheur. Il se lève, récupère la chemise cartonnée, l'ouvre, désigne la page de garde avec la photo de Jamil agrafée à l'intérieur, en haut à gauche. Léandra bondit dessus, arrache le dossier. Il la repousse violemment sur son siège. Elle se remet debout, trébuche, plonge en avant une seconde fois. Il lui balance une paire de gifles, la laisse affalée sur le bureau.

16

« J'ai pu me promener une bonne heure sur le tarmac de l'aéroport, récupérer mes bagages dans un des containers et passer tous les contrôles de sécurité sans que personne ne me pose une seule question », déclare un homme d'affaires habitué à la ligne Douala-Paris. « Notre vol avait sept heures de retard, dû à l'intrusion d'un passager clandestin à Yaoundé, et qui est mort entre Yaoundé et Douala. Évidemment personne ne nous a rien dit mais tout se sait au Cameroun. Le vol a été annulé et nous avons dû attendre l'arrivée d'un autre appareil. »

Ce genre de témoignage est facile à trouver parmi les passagers « affaires » habitués des vols africains. Dans le contexte de l'après 11 septembre, les aéroports africains sont l'angle mort des dispositifs mondiaux de sécurité, leur point faible. La faute incombe aussi aux compagnies aériennes incapables de mettre un terme à l'intrusion de passagers clandestins sur leurs vols. Si un malheureux passager rêvant d'un monde meilleur quelque part en Europe peut monter sans soucis dans le train d'atterrissage d'un avion, on peut imaginer qu'une organisation terroriste déterminée y parviendra aussi. On n'ose imaginer l'usage qu'elle en ferait.

La responsabilité première des compagnies est de mettre fin à ces tentatives en renforçant sur le tarmac les équipes de sécurité. D'autre part, en amont, une politique d'information doit être menée par les compagnies pour dissuader les candidats à l'exil. Les représentants locaux des compagnies européennes doivent mener des campagnes de communication visant à convaincre qu'aucun passager n'a la moindre chance d'arriver vivant en Europe en montant dans un train d'atterrissage.

Bernard Fertin (AirInfos.com).

17

Elle trouva sans peine un nouveau boulot dans cette même ville, Valréas. Elle démarcha l'hôpital, la clinique privée et les deux maisons de retraite puis, enfin, le groupe scolaire Pablo Neruda. Suite à un départ en congé maternité, l'école primaire recherchait une assistante maternelle ayant une pratique de l'hygiène en milieu scolaire et, si possible, un BEP d'action sanitaire et sociale. Léandra fut choisie après un bref entretien d'embauche où elle sut impressionner la direction. Elle n'avait pas de BEP mais un physique doux et rassurant. Elle manifestait un intérêt indéniable pour son nouveau boulot ainsi qu'une bonne connaissance des problèmes s'y rapportant : changes des petits, séparation matinale avec les parents, soins dermatologiques, indigestions, jalousies, irritations en tous genres, physiques ou mentales. Elle évoqua discrètement ses années de travail à la maison de retraite et le nom même de l'hospice – Villa Étincelle – joua en sa faveur. Ce poste d'aide maternelle lui convenait, elle se fichait du ménage, des contraintes, du contrat à durée déterminée. C'était une libération. Elle allait côtoyer chaque jour des essaims de petits corps piaffant d'énergie, des gosses potelés et bruyants, pressés de vivre.

Ses premières semaines à Valréas se déroulèrent au mieux. Les institutrices étaient jeunes et confiantes. L'hiver venait mais on le sentait moins qu'au nord, sinon par temps de mistral. La lumière était d'une douceur étonnante. Les collines restaient bleutées du matin au soir, nimbées de brumes. Les jours succédaient aux jours dans un calme réparateur, vaguement insipide. Elle oublia peu à peu l'hospice de vieux et les montagnes de l'Isère, sut se faire apprécier de l'équipe et organisa sa vie à peu près comme elle l'entendait. Elle logeait dans un meublé en centre-ville, sorte d'appartement de fonction alloué par la municipalité, qui lui évitait d'avoir à déménager trop vite sa propre maison. Elle emmenait sa fille à l'école avec elle, mangeait sur place, restait après la fermeture. Elle travaillait beaucoup.

Elle avait décidé de quitter Saint-Andéol sur un coup de tête, sans motif précis, persuadée que son destin devait se jouer dans cette région de Valréas. Alice n'avait rien objecté au départ. Ses anciens collègues non plus. Ne lui restait qu'à attendre, s'éreinter au boulot sans penser à rien. Elle ne pensait à rien, arrivait toujours en avance, rangeait des jouets du matin au soir, rassurait les enfants, chauffait les repas, s'occupait des rhumes ou des siestes. Parfois, en fin d'après-midi, par temps clair, elle retournait marcher en périphérie de la ville, du côté de la brigade et du rond-point Hagard-hagard, tourniquait un bon quart d'heure sous la statue en se faisant klaxonner. Elle saluait ainsi monsieur René qui, le premier, avait reconnu le centaure, saluait les rangées de lavandes, saluait le grand cheval couillu.

Le soir, vidée, la tête farcie de bruits de camions et de cris de bébés, elle expédiait son repas et, longuement, silencieusement, essayait d'y voir clair. Souvent aussi, parce qu'elle n'y voyait pas vraiment clair, elle regardait dormir la petite Alice. C'était reposant, quasi nourrissant, ce visage aux yeux clos, ensommeillé, paisible. Rien à faire qu'à observer, pas d'objets, pas de télévision ni d'amis. Elle se glissait tôt dans ses draps, vers neuf heures, à plat, et faisait le vide jusqu'à détailler avec plaisir les laideurs de sa pièce : frisette au plafond, plafonnier en opaline rempli de mouches, crépi rustique, papier à fleurs, plinthes décollées, moquette rase élimée couleur tabac ou coquille d'œuf. Les murs sentaient l'humide. L'unique fenêtre donnait sur une cour sans arbre bordant un entrepôt fermé pendant la morte-saison. On n'entendait pas un bruit, pas même celui du vent. Les chats, dans le secteur, ne s'aimaient guère. Au milieu de ce silence, la nuit, elle parlait à voix haute. Alice pouvait se réveiller dans son lit et l'entendre dire des phrases sans queue ni tête, expliquer l'amour aux blattes, les caprices du désir masculin au crépi rustique, la peau d'orange à la frisette qui se décollait, le vertige dans le Vercors aux moucherons du plafonnier. La petite souriait, demandait si ça va… Ça va… D'autres fois, Léandra lisait à voix haute des poèmes récupérés à la bibliothèque du groupe scolaire, ou écrivait à Jamil. Les poèmes lui faisaient du bien. Les lettres ne partaient pas. Elle n'avait pas la moindre nouvelle, plus d'adresse. Elle brûlait ces débuts de courrier sur le couvercle du poêle en fonte dans lequel on ne faisait jamais de feu. D'autres fois, en pleine nuit, elle se relevait, prenait une douche brûlante, ou glacée, se mettait à faire le ménage, cuisait des gâteaux, branchait la radio, coupait le son, lisait un magazine. Elle s'endormait dessus.

L'hiver arrivait peu à peu dans l'Enclave des papes. Le froid s'installait, le mistral soufflait, les lumières n'en finissaient plus de rosir. Léandra menait sa nouvelle vie, repliée et chaotique. Alice ne posait jamais de questions sur le déménagement, pas plus que sur la présence de son père dans la ville. Elle l'interrogeait parfois, de sa petite voix inquiète, sur Jamil ou sur monsieur René, surtout sur les frites pleines de purée de la Villa Étincelle. Elles lui manquaient beaucoup. Léandra répondait en l'embrassant sur le nez.

Un soir, trois semaines environ après son installation, feuilletant un livre prêté par une collègue, Léandra découvrit quelques lignes qui lui évoquaient avec une précision douloureuse son amant disparu, leur amour impossible ainsi qu'un simulacre de satisfaction auquel elle n'avait jamais songé : le plaisir de décevoir. C'est une idée envoûtante, la toute première imposture, la séquelle des premiers dépits amoureux, sorte de volupté ambiguë, initiale, adolescente, que l'auteur attribuait surtout aux femmes, à la nature féminine. Léandra, le soir en question, après s'être beaucoup penchée sur son enfance, après avoir beaucoup réfléchi à ses premiers émois, puis au plaisir de décevoir, après avoir beaucoup écouté le silence de sa pièce, un silence absolu, un silence de recluse, posa sa main sur son ventre et se masturba. Au bout d'un temps elle éprouva une jouissance dense et tumultueuse, de celles qu'on connaît rarement, mêlée de nausée. Elle avait papillonné longuement autour de son sexe avant de s'en emparer. Plaisir contrarié, différé, plaisir de décevoir… Effleurer avant de toucher, frôler, ignorer avant de pétrir. Quelque chose de doux et d'aérien lui était advenu, comme si un vent très précis l'atteignait, obligeant son sexe à s'ouvrir, ses lèvres à gonfler, ses doigts à mener une ovation minutieuse et de plus en plus radicale, son être tout entier à se déprendre, considérer sa vulve de loin, rester comme en suspension devant l'embrouillamini de son ventre. Elle eut l'impression de s'être offerte infiniment, dépliée dans la pièce comme une voilure.

Elle se leva, chercha l'ouvrage de Saint-John Perse, « Vents », récupéré avec d'autres recueils de poésie sur les étagères de l'école. Elle replongea dans son lit et, encore haletante, récita le poème. Elle se souvenait avoir lu une phrase étonnante, écrite au crayon sur la page de garde, probablement recopiée par un ancien lecteur. Elle passa dessus délibérément, sauta les premiers textes, ignora la moitié du recueil pour retrouver son poème…

« *C'étaient de très grands vents sur toute face de ce monde.*

De très grands vents en liesse… »

Le reste était absolument bouleversant. Elle serra les paupières, serra à nouveau brusquement les cuisses, termina sa lecture puis revint au début du livre et attrapa le cahier cartonné rouge et noir où elle s'était promise de noter ce qui lui arriverait dorénavant de significatif. Elle lut la phrase manuscrite sur la page de garde :

« *Qui se contente est riche.* » Lao Tseu.

Peu lui importait qui était Lao Tseu, qui était ce lecteur anonyme, le pourquoi de cette maxime recopiée là, sur un recueil de poésie du groupe scolaire Pablo Neruda. Elle se mit à penser à Jamil, au nuage blanc chapeautant le thermique, au point de rosée. Ses jambes étaient tout humides. Elle se contenta de nouveau. La petite ronflotait à ses côtés.

« *Qui se contente est riche.* »

Le lendemain était un mercredi, jour de repos. Léandra s'inscrivit à la bibliothèque et commença ses recherches. Depuis son arrivée quelque chose lui disait que c'était ici, à Valréas, qu'elle allait retrouver Jamil Souad et enfin tout comprendre. Porteur d'ombre… Difficile de glaner la moindre information sur un sujet aussi vague : l'ombre, le portage. Elle trouva une foule de renseignements sur La Mecque, les porteurs d'eau, Mahomet, les différents pèlerinages, mais rien sur l'ombre, que de vagues pistes décevantes. Les instructions de monsieur René lui restaient en mémoire. « Autrefois, les pèlerins de l'Islam, les chevaliers du désert ou même les porteurs d'ombre coupaient le nez à leur chameau pour changer de direction. Après quoi ils retournaient le sens de leur selle. »

Changer le sens de la selle. Tourner sa veste, tourner casaque. C'était peut-être par là qu'il fallait commencer. Elle continua à naviguer sur le Net, y tourna casaque allégrement plus d'une fois, sans remords, tout en cherchant ce qui avait pu pousser Jamil à partir dans les Alpes avec son pensionnaire de la Villa Étincelle. Pourquoi ce voyage ? Comment monsieur René était-il mort ? Pourquoi ramener sa dépouille jusqu'à Chamonix et s'enfuir aux portes de la ville, ouvrant la voie à toutes les suspicions ? Pourquoi couper ainsi les ponts ? Est-ce que prendre la fuite revenait à couper les ponts, à couper le nez à son chameau ? Elle ne savait plus... Ses pensées sautillaient devant l'écran d'ordinateur. Elle se souvint du jour où Jamil avait sauté du pont de Saint-Andéol, accroché à son élastique, hurlant devant le monde, mais pour elle seule – elle le savait –, balançant au bout de son fil en criant que c'était comme à l'intérieur du nuage, comme au point de rosée. Dans la voiture, au retour, il lui avait proposé de revenir sur place tous les deux, un beau matin, sans public, de sauter du parapet en se tenant la main. S'aimer là-dessous, entre les deux arches en béton, s'étreindre en fouettant le vide. T'es fou, Jamil. T'es fou mais je saurai te retrouver. Je me contenterai de tes lubies. « *Qui se contente est riche.* » Tu ne connais pas Lao Tseu, mon ange, j'en suis certaine, mais maintenant je suis prête à te suivre…

Elle errait d'un site à l'autre, au Moyen-Orient, autour de la mer Rouge, de Djedda à Khartoum, du Soudan à l'Égypte et à l'Arabie Saoudite, sans rien attendre de précis. Le premier indice apparut grâce au nez du chameau, ou plutôt de la chamelle, la fameuse, celle dont on ne sait pas le nom et que Mahomet montait à l'instant de quitter la ville de Médine. Cette monture-là empêcha le Prophète de l'Islam de changer de direction. Elle avait dénoué elle-même sa bride, était partie devant, en premier, errant d'une maison à l'autre, puis s'était agenouillée dans une cour, au milieu de dattes qui séchaient, et avait longuement regardé le Prophète qui la suivait des yeux. La chamelle s'était alors relevée, avait erré de nouveau entre les maisons puis était revenue dans ce même endroit où séchaient les dattes, s'était agenouillée encore. Mahomet avait levé le bras, désigné la cour et décidé de s'y arrêter pour construire sa première mosquée. Le terrain appartenait à deux orphelins. La construction dura deux mois et le Prophète y participa en personne. Pour appeler les croyants, il préféra la voix humaine à la cloche des chrétiens et même au cor des juifs. Il choisit le nègre Bilâl pour convoquer ses fidèles, un musulman à la peau sombre et à la voix puissante. Voilà donc Bilâl, le grand Africain qui appelle à la prière dans la première mosquée de l'Islam, et qui transpire en plein soleil. Il faisait si chaud sur la terrasse de la nouvelle mosquée qu'on lui couvrit la tête, on lui fit de l'ombre avec des palmes.

Léandra, qui cherchait des porteurs d'ombre, des pèlerins coupant le nez à leur chameau, resta pensive un long moment... Elle ne comprenait pas ce qui la troublait. Il faisait d'un coup plutôt sombre dans la bibliothèque, assez froid. Elle en eut assez de La Mecque, laissa le Prophète Mahomet avec ses croyants et ses sourates mais continua de se balader sur la toile pour le plaisir. Elle franchit de nouveau la mer Rouge, retourna au Soudan, découvrit les problèmes ethniques de ce pays saigné à blanc, tenu à la gorge par les Arabes, par les guerres incessantes, s'intéressa au Darfour, aux récents génocides complètement passés sous silence, au pétrole omniprésent. Puis, par hasard, elle tomba sur le nom de cette tribu, les Hammoundis, dont les descendants mâles fournissent depuis des siècles l'un des deux contingents répertoriés de porteurs d'ombre. L'autre vient de Guinée, loin de là. Léandra se mit à trembler devant son ordinateur. Le miracle arrivait enfin. Mordant ses lèvres, elle pianota comme une folle. Elle retraversa l'Afrique, fila en Guinée, elle aussi saignée à blanc, mise au rebut. Là, au hasard des pages web, des mots clefs, au gré de la logique somptueuse et aléatoire de l'informatique, tomba sur un communiqué des autorités aéroportuaires de Conakry, daté du 5 août 1999, puis sur une lettre qui l'immobilisa sur le fauteuil en plastique ivoire de la bibliothèque de Valréas :

« Excellences, Messieurs les membres et responsables d'Europe,

Nous avons l'honorable plaisir et la grande confiance de vous écrire cette lettre pour vous parler de l'objectif de notre voyage et de la souffrance de nous, les enfants et jeunes d'Afrique.

Mais tout d'abord, nous vous présentons les salutations les plus délicieuses, adorables et respectées dans la vie… »

Elle lut le testament de Yaguine et Fodé de bout en bout, elle parcourut à toute vitesse les informations à disposition, et prit peur.

Elle se leva, avança en titubant entre les rangées de livres. Aux toilettes, elle s'aspergea le visage, but un demi litre d'eau devant la glace. Surtout ne pas tout décrypter, pas trop vite… Elle referma lentement la porte des WC, revint à son siège en longeant les murs. C'était la fin de l'après-midi, l'ordinateur s'était mis en veille, la bibliothèque était quasi déserte. Ne pas comprendre d'un coup. Restait le siège, le clavier, la lumière qui déclinait, le quotidien. Elle se prit la tête dans les mains, pensa à la petite Alice, puis à ce garçonnet arabe qui posait problème au boulot, un enfant presque mutique, quasi autiste. Penser à l'école lui fit du bien. Elle ranima son écran, sélectionna seulement la lettre de Yaguine et Fodé, et lança l'imprimante en se mordillant la paume. Geste d'enfant. Elle aurait mordillé tout son avant-bras, sucé son pouce. Elle avait peur de savoir, d'affronter, peur de la fiction.

Celui-là, d'enfant, on ne le voyait qu'un jour sur trois à la maternelle. Il restait accroupi des heures durant, balançait la tête, se déplaçait d'une pièce à l'autre en grattant les murs avec ses ongles, se battait pour un rien. Il arrachait les pansements qu'on lui mettait. Il était beau et effrayant. Un matin, il dévora entièrement une compresse qu'on lui avait fixée de force à l'avant-bras. Il effrayait les adultes mais les autres enfants le regardaient avec curiosité et compassion, n'hésitant pas à le guider, le bercer, se faire griffer et l'embrasser tout de même. Il fallait en permanence le surveiller. Un jour, en fin d'après-midi, il bondit du mur où il était prostré, se précipita dans les jambes de l'institutrice et lui taillada le genou avec ses ongles. On dut appeler un médecin. Le garçon était blotti contre sa victime, et restait là, roulé en boule, dans le giron de l'institutrice qui se tenait la jambe, demandant qu'on le berce. Il gémissait en balançant la tête. Il avait une toute petite voix. Il fallut le caresser. Son exclusion fut décidée un peu plus tard à la suite d'un incident moins grave. On l'orienta vers une institution spécialisée. Le jour du départ, il se blottit à nouveau dans le giron de l'institutrice qui dut le caresser longtemps, en expliquant aux autres enfants qu'il était comme un ange et que, chez les anges comme chez les hommes, il y avait des hiérarchies.

Elle avait prononcé ces mots à plusieurs reprises, la hiérarchie des anges…

Léandra était morte de fatigue. Plus question de découvrir quoi que ce soit. Elle pianota machinalement « hiérarchie des anges » sur son clavier, ouvrit une nouvelle page web et recopia son contenu dans le cahier cartonné rouge et noir, sur le troisième feuillet, après la lettre des enfants guinéens.

18

Valréas fut quelques jours plus tard le théâtre d'un débat public assez virulent concernant l'implantation d'une ferme éolienne dans la localité voisine de Visan, bourgade opulente, vinicole, nichée dans les collines, à la devise très consensuelle – Vin, Vie, Santé – mais à la célébrité douteuse. La polémique n'intéressait pas directement le principe du parc éolien dont l'un était déjà en place dans la région. Ce qui posait question était le transport des matériels autour de la ville de Valréas elle-même, sa traversée par les immenses convois de pales et de mâts de soutènement, des fûts métalliques gigantesques, monoblocs, longs de quarante-cinq mètres, capables de maintenir au vent les nouvelles hélices. Cette migration se heurtait à un problème majeur, a priori insoluble : le franchissement du rond-point Hagard-hagard. Les services de l'Équipement avaient dépêché leurs experts sur place, tous revenus formels. L'empâtement des remorques dépassait largement le gabarit du rond-point. Les convois exceptionnels ne pouvaient contourner le grand couillu.

Il fallait soit réhabiliter l'ancienne route, soit carrément raser l'ouvrage. Après un débat à huis clos, la municipalité de Valréas, d'implantation récente, avait choisi la solution la plus radicale. Dans un sens, le problème tombait à pic. On allait profiter du transbordement des éoliennes pour faire un sort à la statue en ferraille. Hagard-hagard dépareillait. Le maire décida donc de raser le rond-point, d'évacuer le cheval érigé par son prédécesseur.

L'incertitude quant à la destination finale de cette statue emblématique jeta un certain discrédit sur les nouveaux élus de Valréas et sema le trouble au sein même de la population. L'opposition s'en mêla, des pétitions circulèrent. Le matin de la mise à bas de l'animal, un petit attroupement de badauds occupait le croisement. C'était un mercredi, jour de repos pour les scolaires, et il faisait de nouveau un temps superbe, légèrement brumeux, assez frais pour la saison. Léandra avait traversé la ville à pied avec Alice, suivant de loin les groupes de piétons qui convergeaient vers le centaure. Elle se mêla à la foule peu avant la gendarmerie, reconnut certaines mamans qu'elle recevait à l'école, accompagnées de leur mari, parfois leur progéniture au grand complet. Les jeunes Maghrébins de la cité voisine tournaient à mobylette non loin de là, sur un terrain vague, pétaradant entre les deux tractopelles municipaux qui, le matin même, avaient discrètement nivelé le lieu. Leur chef, Driss, accompagné de deux de ses lieutenants, avait mis pied à terre et gravait ses initiales où il le pouvait, à toute vitesse, sur les cabines, les garde-boue, les marchepieds, les crampons de pneu. Les autres faisaient le guet. Au moindre surgissement de képi, ils enfourchaient leurs engins et s'égayaient dans les rues avoisinantes. Les mobs étaient faméliques, le spectacle désolant.

Du rond-point lui-même ne restaient que quelques glissières de sécurité entassées dans un coin, des pieds de lavande arrachés et le centaure Hagard-hagard droit sur son socle en béton, que la butte en terre ne chaussait plus. La police municipale venait d'arriver sur le site, trois vigiles en uniforme armés de bombinettes paralysantes et de téléphones portables, qui firent aussitôt reculer les badauds. Il y eut un coup de vent, la poussière vola, il sembla que le mistral se réveillait. La grue de levage profita du repli des spectateurs pour s'extraire du parc où elle était dissimulée et avancer lentement vers la statue. Les gendarmes étaient disposés beaucoup plus loin, de part et d'autre de l'avenue, et bloquaient la circulation. C'était d'une tristesse infinie. Hagard-hagard allait donc être arraché par cet engin sorti de nulle part, couché sur l'espèce de remorque en bois qui suivait, elle-même attelée à un tracteur flambant neuf – cent cinquante chevaux, quatre roues motrices –, qui faisait la fierté de son propriétaire, second adjoint à la mairie. Rien que pour cela, le second adjoint, le plateau en bois et les quatre roues motrices, on était en droit de manifester. Les autorités avaient promis de relever la statue en rase campagne, quelque part à la sortie de la ville. Où ? Mystère…

Il faisait plus froid. En effet, le mistral se levait. Le grutier s'avança au plus près de la statue et déploya ses béquilles. Le tracteur quatre roues motrices suivait à quelques mètres, on l'entendait s'impatienter, ronfler dans son dos. L'adjoint au maire, faute d'indication précise, finit par se garer au cul de l'engin de levage et klaxonna, freinant un peu tardivement. La remorque se mit de biais, l'avant ripa sur le gravier, le tracteur toucha l'un des stabilisateurs de la grue. Le vérin hydraulique craqua, la béquille raya d'un bout à l'autre le socle de la statue. On entendit le grand centaure vibrer de l'intérieur. Une nouvelle saute de vent venait de balayer l'esplanade. Les insultes fusèrent de part et d'autre. Le grutier jura, sauta de sa cabine et décida de manœuvrer lui-même. Il ramena ensemble les quatre stabilisateurs de la grue et de nouveau, dans la précipitation, l'un des vérins hydrauliques crocheta un bout de fer dépassant du bloc, la botte arrière du centaure Hagard-hagard. Rien de plus… Il y eut une seconde de silence. On entendit un bruit très sec suivi d'un cri effaré sur le tracteur. L'immense ferraille dressée depuis une décennie dans le ciel de Valréas ne tenait plus que par une patte. Elle commença à vaciller sous la bise, balança d'un côté, de l'autre, et se descella complètement. Le grutier sauta de son engin sans même couper le moteur. Les spectateurs reculèrent d'un bloc.

On put contempler une seconde l'anatomie du grand couillu sous une incidence étrange, sa queue métallique battant l'air, suivie de la crinière, du torse d'homme, enfin des deux attributs rouillés, en tôle, les deux bourses de titan. Tout ceci avec une certaine grâce dans le ciel sans nuage de l'Enclave des papes. Pas une voiture. Pas un bruit... Hagard-hagard se cabrait une dernière fois. La flèche de la grue n'était même pas déployée. Le temps était venté et plutôt frais. L'adjoint au maire avait la bouche fine et ronde comme un poisson.

La statue rebondit au sol puis se brisa en deux. Aussitôt des projectiles jaillirent : pierres, bouts de bois, palettes, tout ce qui tombait entre les mains, panneaux indicateurs, pieds de lavande. Les Maghrébins étaient descendus de mobylette. Le grutier traversa la friche au pas de course, disparut avec l'adjoint derrière le supermarché tandis que les jeunes se défoulaient, bombardant allégrement le tracteur vide. Les escadrons de gendarmes mirent environ cinq minutes pour revenir sur les lieux et investir le rond-point. L'échauffourée fut évitée de justesse et pour une raison totalement imprévisible. Les forces de l'ordre avaient dû lever leurs barrages sur l'avenue. On découvrit dans le lointain ce qui aurait dû rester caché, une éolienne coupée en deux, en attente : deux semi-remorques traînant chacun son fût métallique surbaissé, gigantesque, obturé par un film plastique de six mètres qui laissait filtrer la lumière du matin. Les cylindres étaient comme éclairés de l'intérieur.

On pouvait couper par le terrain vague. Les Maghrébins sautèrent en selle. Léandra et Alice suivirent le mouvement. Le couillu, brisé en deux, la tête dans le goudron, n'avait plus la moindre allure. Tant mieux. L'adjoint au maire évita de déplier la flèche, de gruter quoi que ce soit. Les moitiés de l'animal fétiche furent raclées avec la terre du rond-point, balancées au godet dans la remorque, et les ridelles tirées. Ainsi, tandis que la population de Valréas marchait vers l'éolienne, le grand couillu s'en allait pieds en avant sans gloire aucune. Driss et ses potes étaient déjà près du convoi. Ils démontaient une palissade de chantier.

Driss siffla, tira des planches jusqu'au premier camion, les appuya sur la plateforme à l'entrée du tube, monta vérifier l'état du film plastique, redescendit satisfait, disposa une seconde rampe quarante-cinq mètres plus loin, au cul du convoi exceptionnel. Il enfourcha la bécane squelettique. Les fûts d'éolienne ressemblaient à d'immenses crayons couchés, lumineux, béants. On ne comprenait rien aux manœuvres de Driss, mais ça pétaradait sec autour du convoi et les Valréassiens avaient envie de se marrer. Driss leur fit une de ses démonstrations préférées : roue arrière entre les camions, demi-tour cabré, retour en zigzag sur les cale-pieds puis, devant la populace, freinage à mort et inscription dans le goudron de l'avenue de deux cercles quasi parfaits. Ses copains applaudirent. Ça puait le caoutchouc brûlé, la fumée et les vapeurs d'essence. Driss se débarrassa de son blouson, sa casquette. Il connaissait parfaitement son enclave. Le soleil allait bientôt passer la barre de HLM. Il sourit en coin, cracha entre ses jambes, mit les gaz, longea le semi-remorque sur les chapeaux de roue, arriva plein pot devant l'autre camion, évita la cabine d'un coup de guidon et s'élança sur le plan incliné. Il cria le nom d'Allah en percutant le film polyane – « Il n'y a de Dieu que Dieu, et Mahomet est son Prophète » –, puis se précipita dans le tube à peu près en même temps que les rayons du soleil. La membrane translucide s'ouvrit, la bécane plongea à l'intérieur, flottant d'une paroi à l'autre, incapable de faire demi-tour, remplissant l'habitacle d'une légère fumée bleutée qui brouillait ses contours. Driss continua droit devant, ne fit rien d'autre que franchir l'immense tube, une traversée fulgurante qui se clôtura par l'arrachement de la seconde membrane en plastique et l'explosion des lumières du matin. La mob bondit dehors, rattrapa in extremis les deux planches en bois de la palissade puis zigzagua comme un insecte sur la chaussée. L'exploit de Driss fut salué par les hochements de tête de la population, puis le retour inopiné des véhicules de gendarmerie, capitaine Marc Faure aux commandes. Les jeunes Arabes disparurent comme par enchantement derrière la palissade. Léandra, perplexe, s'assit sur un banc.

Pour une raison obscure, la démonstration en mobylette l'attristait, lui rappelait sa rencontre avec Jamil, leur deuxième vol en parapente. Elle enfila son bonnet, arrangea ses cheveux à l'intérieur, se souvint du plateau du Vercors et des trois éoliennes de Saint-Marcellin, dressées dans la tourmente, qui tournoyaient placidement. Elle les avait presque oubliées. C'était loin, très loin. Déjà Jamil parlait de nacelle, prétendant qu'on pouvait se réfugier au sommet de ces tubes-là, dans l'habitacle de l'hélice. Les bourrasques s'étaient calmées et ils avaient fait l'amour accrochés à leur nacelle, dans le nuage, sous la toile bicolore. Léandra prit sa fille dans ses bras, la berça… Nacelle ici, nacelle là… Les Valréassiens se séparaient. Léandra se leva à son tour et prit la direction du centre-ville. Les deux énormes fûts patientaient derrière, baignés de lumière, un peu de brume s'échappant de part et d'autre. Le film polyane battait au vent. C'était comme un signal. Quelque chose prenait fin dans l'Enclave des papes. La statue était déboulonnée, le grotesque laissait place à la mélancolie et les mômes de la cité n'y pouvaient rien. Quelques passants s'inquiétaient encore du destin du grand couillu. Léandra, de son côté, pensait au nuage dans le thermique, à la hiérarchie des anges, aux images singulières qu'elle ressassait depuis des mois.

Sur la route du retour, alors que cette sorte de nostalgie envahissait les lieux, la petite Alice se blottit contre elle et annonça que le grand cheval Hagard n'était pas en viande puisqu'il s'était cassé d'un coup. Léandra sourit, la prit par la taille. Elle attrapa la main de son enfant, la trouva fraîche, l'embrassa et chuchota, peut-être pour elle seule, qu'on ne pouvait jamais toucher sans être touché. Jamais… Alice haussa les épaules, serra les doigts qui la touchaient, puis dit qu'elle avait reconnu le monsieur sur la moto. Ou alors c'était son frère, son cousin… Il était noir comme Jamil et il lui ressemblait. Grand, fort et maigre… Et surtout rigolo. L'aide maternelle se mit à pleurer. L'enfant la consola comme elle put.

Le lendemain, les convois exceptionnels traversaient l'Enclave des papes et Léandra, tirant une valise dans sa main droite, tirant sa fillette dans l'autre, traversait le rond-point du centaure et sonnait à la grille de la gendarmerie.

19

Je sais où tu es. C'est tellement simple de savoir où tu es, coller une bonne fois à la géographie de l'amour, se rapprocher du sol, de ton corps, de l'enquête. Cette région de Valréas a un nom prédestiné. Je te surveille, Léandra. J'ai placé la mire trop haut pour qu'on devine où je me cache. Pourtant je te vois, c'est une inspection fugitive, aléatoire. Du haut de ce guet, me reviennent sans cesse des souvenirs d'enfance, odeurs de feux, palabres, nuits africaines. C'est la bise qui m'amène ces parfums-là, mêlés à celui que je détecte partout, l'odeur de ta paume, du creux de ton ventre terreux, du creux de tes reins. Je les cherche en appuyant ma joue sur la paroi de mon abri, je cherche le goût du premier baiser, Léandra, baiser de princesse, lèvres posées au bout des doigts, furtivement, timidement, une phalange après l'autre, et j'ai peur aussitôt, parce qu'il me semble entendre ce mot incompréhensible – charité – qu'on nous répétait du matin au soir dans la cour de l'école copte de Khartoum. Je cherche ton goût de vent. Là-bas, au

Soudan, personne n'a jamais compris ce mot, charité. Pas même les coptes. Méprise pour méprise, je t'attends là où personne n'imagine qu'on puisse se trouver. Nous retrouver... Je t'attends, Léandra. Je me souviens de ce restaurant à Grenoble, un soir d'été, la fois où on mangeait des brochettes, ou du boudin d'Afrique, ou des cœurs de palmiers, je ne sais plus, un soir que tu parlais de l'humilité. Tu parlais de l'humilité du Christ, Léandra, et on avalait des brochettes au mouton... L'humilité de ce sauveur-là, sa modestie radieuse et dérangeante. À seize ans, moi aussi, j'étais radieux, dérangeant, joyeux comme un gosse africain.

Un an après, congelé.

Cinq ans après, dans le thermique avec toi... Ou alors dans ce restaurant de Grenoble, à vingt centimètres d'une bouche rejetant un air qui fleurait bon la vie, un souffle tiède, parfumé, inadmissible, contredisant tout ce qu'on sait des entrailles. Tu me parlais de l'humilité du Christ et je ne t'écoutais plus, je goûtais ton haleine. Je restais dans le vent de ton corps, le grand vent en liesse. Et tout me paraissait si fluide, si aérien que je mangeais à distance tes lèvres, luisantes, insouciantes, sans comprendre un traître mot de ce que tu prononçais.

20

Un brigadier-chef de gendarmerie ne s'encombre pas de questions inutiles. Marc Faure accepta le retour de son épouse sans s'interroger. Il venait de passer une sale période, s'était bourré la gueule plusieurs fois après la visite de Léandra et la paire de gifles malencontreuse : deux cuites avec ses potes de la brigade, quelques beuveries plus salutaires dans les bars à putes de Montélimar et même, récemment, une défonce au whisky pour saluer la mutation du dossier Jamil Souad vers la gendarmerie d'Orange (Vaucluse). Par chance les deux localités entretiennent les meilleurs rapports du monde et Marc était assuré de ne pas perdre trace de son rival. Pour finir, il y avait cette affaire Hagard-hagard. Les éoliennes traversaient à présent la ville de Valréas. Trois convois exceptionnels chaque matin, circulation alternée tout le long du trajet, camions d'une lenteur et d'un empâtement exaspérants, fûts de quarante-cinq mètres, rotors de vingt, capots, nacelles… La brigade était sur la brèche. Marc buvait le soir, travaillait comme un fou la journée. Ses collègues le soutenaient du mieux possible. Le travail distrayait et les paires de baffes, d'après eux, étaient salutaires. Affirmatif. La preuve : son épouse Léandra Faure a surgi un matin devant la porte grillagée de la gendarmerie, Alice dans une main, sa valise à roulettes dans l'autre.

Le brigadier Faure ne cherche pas à comprendre ce genre d'énigme. Léandra est là, c'est tout. Elle est rentrée au bercail, c'est ce qui pouvait arriver de mieux. Les locaux de fonction sont insalubres, pas grave. L'aide-soignante a pardonné ses frasques au moment de la naissance de la petite, et même ses gifles. Elle accepte de coucher, c'est l'essentiel. Ils ne se retrouvent plus tout à fait comme avant mais lui redécouvre la nacre et la moiteur joyeuse. Léandra s'applique beaucoup pour la moiteur joyeuse. Un peu moins pour le ménage ou la cuisine, mais il ne s'en formalise pas. Il lui mijote des petits plats le week-end. Il est prévenant et doux. Très doux. Et surtout, drôle. Le plus possible. Leur vie à la brigade s'organise comme s'ils ne s'étaient jamais vraiment quittés. Marc ne parle plus de ses projets chimériques, le pressing Faure par exemple, ou seulement pour plaisanter, la faire rire, sachant que ses blagues sont éculées mais qu'elles leur font du bien à tous deux. Elle rit… Travailler, rire, baiser.

Un soir qu'elle rentre soucieuse, épuisée par son boulot à la crèche, il lui propose à nouveau de tout envoyer bouler – lui, les gendarmes ; elle, l'école Pablo Neruda – pour se lancer dans une nouvelle aventure, un commerce, un salon de coiffure par exemple, quelque chose de cool et décontracté qu'ils baptiseraient « Prise de tête ». *Coiffure Faure*, *Prise de tête*. Elle l'embrasse sur le bout du nez. Elle couche Alice, va se déshabiller. Traversant le salon, elle saisit l'arme de service accrochée au-dessus de la commode, la sort de son étui, s'étonne qu'il ne l'ait jamais utilisée. Pas une fois. Il avoue que c'est le cas de la majorité des gendarmes. Elle enfile sa chemise de flic, se présente ainsi devant lui, pistolet au poing, seins à l'air, chemise bleue ras le bonbon. Il pense à la moiteur joyeuse et n'a pas peur. Ils font l'amour comme ça, contre le buffet, l'étui vide pendant à son crochet, l'arme pendant au bout du bras de l'aide maternelle et ses deux jambes pendant aussi, ne se relevant pas tout à fait comme il le voudrait. Marc Faure est un peu dépité. Elle non, semble-t-il… Nonchalante, consentante. Contente ?… Il ne se pose pas la question.

Un autre soir il revient à la maison avec quelque chose qui devrait lui plaire et qui en tout cas le trouble, lui, le fait bander, rappelle insidieusement leurs retrouvailles et les deux baffes récentes, les deux mollets luisants, griffés par les lavandes, mouillés de pluie. Elle attend son cadeau, souriante. D'un coup, il est moins sûr. Il l'ouvre quand même, déplie sous ses yeux une bande de mousseline jaune citron, ajourée, ultracourte, qu'elle trouve moche sans le dire. Il lui murmure cette chose gentille et ridicule : c'est un tutu à ta taille. Ça la fait rigoler et il aime ça, qu'elle rigole.

L'hiver passe... Une fois par semaine, le soir, elle enfile le tutu à ta taille et s'exhibe dans la cuisine. Alice semble heureuse.

Léandra a repris ses investigations à la bibliothèque. Et plus discrètement, aussi, à la gendarmerie. Elle fait des recherches sur les Hammoundis et la tribu des porteurs d'ombre. De nos jours on les utilise rarement, ces porteurs, seulement pour les vieillards et les princes arabes ou alors, au coup par coup, pour les handicapés. Elle sait d'où vient Jamil. Elle relit la lettre des deux enfants guinéens, découvre ce qu'a vécu son pilote, comprend leur étreinte au-dessus du Vercors, son obsession de l'air et du froid, son saut à l'élastique entre les arches en béton, le coup de folie sur le manège de Grenoble, le parapente, l'amour dans le thermique. Rien à dire. Elle apprend tout, comprend tout. Elle poursuit l'enquête avec les autres clandestins, et en particulier le Sénégalais Anri Bertrand, un des deux survivants officiels des trains d'atterrissage. Elle devine que Jamil est le troisième, que les autorités sont au courant et que son amant, dans ces conditions, ne peut plus vivre en paix. Peut-être même pas vivre du tout. La déposition des anges est dangereuse. Leur vie est risquée, leur survie pire, leur parole suspecte. D'ailleurs, Jamil ne parlait vraiment qu'à monsieur René et à Alice. Enfants, vieillards… Les autres, non.

La nation française a honte de ses survivants.

Les compagnies d'aviation ne peuvent tolérer qu'un corps africain reste sain et sauf plus de quelques minutes dans la trappe d'un train d'atterrissage. Cela ouvrirait la voie à une épidémie d'envergure, la pire de toutes, une migration sans suite et un discrédit général. Aberrant, incitatif, criminel… Pierre Woerner, spécialiste français des trains d'atterrissage, accepte de lui parler au téléphone mais nie avec un aplomb confondant que quiconque se soit jamais glissé dans le train d'un avion moderne. Léandra mentionne les enquêtes en cours, les investigations de la presse, les innombrables témoignages, il nie, prend peur, l'envoie balader… Elle essaie d'approcher Jacques Walton, instructeur sur Airbus, puis Jean-Paul Richalet, spécialiste mondial de la physiologie de l'altitude, signataire d'un article de référence sur les conditions de survie dans les avions de ligne en conditions d'hypothermie extrême et de manque d'oxygène. Ça ne répond pas. Tout est verrouillé. Les instructeurs sont inaccessibles. Elle se replie sur les organes de presse, les journalistes, passe d'un bureau à l'autre, se fait remballer. Elle comprend peu à peu que c'est l'existence même des compagnies qui est en jeu, leur image et surtout, en filigrane, celle de l'Occident. Les portes se ferment autour d'elle. Elle revient à l'histoire d'Anri Bertrand, le « miraculé du Dakar-Lyon », édifiante, sinistre. Elle a envie d'y replonger parce qu'elle sent que Jamil est là, juste derrière. Elle retrouve un peu d'espoir. De rage aussi. De grâce.

Ce garçon-là, Anri Bertrand, est arrivé le 10 janvier 1999 à l'aéroport Saint-Exupéry, à demi congelé, lové dans le train d'atterrissage d'un Airbus 300 d'Air Afrique. À la surprise générale, les médecins constatent qu'il est encore vivant. Il est pris en charge par le foyer d'aide sociale à l'enfance, sur décision du juge des enfants. Anri est sauf mais, surtout, encore mineur, bien que pour quelques semaines seulement. On ne peut expulser du territoire français un enfant mineur, même sans papier, même rescapé des trains d'atterrissage. Il s'agit de l'unique survivant connu en Europe. La France, patrie des droits de l'Homme, doit le protéger... La France va l'accueillir, le recevoir en foyer. Un mois plus tard, Anri Bertrand fête ses dix-huit ans et cesse donc d'être un enfant. La loi étant la loi, tout redevient très simple. On va se débarrasser de l'émigré clandestin, le renvoyer chez lui au plus vite. Le sans-papier est majeur. Le miraculé des trains d'atterrissage, unique rescapé connu, est donc mis en observation quelques heures, considéré comme aliéné, et expulsé au lendemain de ses dix-huit ans dans le pays qu'il avait fui, le Sénégal, par rapatriement sanitaire. Fou et parapsychotique. Âge osseux : quinze à seize ans.

« La loi est la loi, même avec les miraculés. Dès sa majorité, le jeune homme (Anri Bertrand), entré illégalement en France, devait être expulsé. Son état

médical, que les médecins qualifiaient de « parapsychotique », ne s'est jamais amélioré depuis son arrivée. Plus que les séquelles de son fabuleux voyage, du manque en oxygène et de l'hypothermie dans les airs, il semble que ce soit l'état du jeune homme qui explique son aventure, et non le contraire… »

Libération, *15 mars 99.*

Léandra continue à apprendre. Qui se contente est riche.

Elle se contente de lire ce qui lui tombe dans les mains à la bibliothèque. Pour ce qui est de l'enquête à la gendarmerie, ça devient difficile. Marc commence à se douter de quelque chose. Depuis une semaine déjà plus rien ne traîne dans les bureaux. La nuit, les tiroirs sont fermés. L'aide maternelle apprend à être discrète. Peu à peu, au fil des jours, les indices de défiance s'accumulent. Léandra n'est pas vraiment surveillée, mais sent une suspicion générale s'installer autour d'elle, quelque chose à déjouer. Elle est prise de court, vaguement inquiète. Elle décide d'accélérer les choses. Elle se met à fouiller la brigade aux moments les plus aléatoires, les plus dangereux, entre deux débriefings, deux missions, la peur au ventre. Un sentiment l'envahit peu à peu, désagréable, celui de ne pas vraiment savoir si elle est traquée ou traqueur. Elle cultive ce désarroi. Ça la rapproche de Jamil. Elle maigrit.

Et puis, un jour de février, après une soirée particulièrement délicate pour les forces de l'ordre, elle joue sa dernière chance. Marc, exténué, ronfle en uniforme sur le canapé. Il en écrase. Elle lui fait les poches, récupère un trousseau de clefs, quitte l'appartement de fonction. Au fond du placard du grand bureau, fermé à clef depuis quelque temps aussi, elle repère un rangement métallique étroit, fixé à la paroi de gauche, avec une serrure à code et un verrou. Le code n'est pas actif. Elle ouvre, découvre un râtelier encombré de fusils d'assaut et sur une étagère une grande enveloppe, au contenu laconique, très factuel. Elle laisse les armes de côté, décachette l'enveloppe.

... L'enquête piétine. Jamil Souad reste introuvable. Un téléphone portable a été récupéré dans le massif du Mont-Blanc, probablement le sien, aux confins d'un cirque glaciaire bien connu qui donne naissance au glacier du Géant. Le téléphone était en équilibre sur un pont de neige, à mi-hauteur d'une crevasse. Il n'émettait plus mais avait beaucoup sonné auparavant. Sa pile et sa puce sont altérées au point qu'il semble difficile de récupérer les numéros appelant. Les laboratoires de la Police judiciaire ont été mis à contribution. Par ailleurs on en sait davantage sur le fragment de piolet abandonné à Chamonix, dans la zone d'atterrissage réservée aux parapentes. Il appartient à René Charlet, guide de montagne disparu depuis une quarantaine d'années et réapparu il y a quelques jours à peine, précisément sous les séracs de la Combe maudite, probablement à la faveur du réchauffement climatique. C'est la localisation du portable de Jamil Souad qui a permis de découvrir le corps de Charlet, toujours emprisonné par la glace. La famille a été convoquée. Les enquêteurs sont sur place. Une langue neigeuse borde la zone, entièrement piétinée, basculant vers le glacier du Géant. Le suspect et sa victime y auraient atterri en catastrophe. Peut-être même y ont-ils atterri délibérément. On suppose, à voir les éclats de glace aux pieds du guide, que Souad a voulu l'extirper de sa prison de glace. Pourquoi, pour quelle raison ? Mystère…

Jamil Souad est de plus en plus soupçonné d'homicide. Il est recherché sur tout le territoire. Son passé en Afrique ainsi que son statut d'immigré posent problème aux autorités. Rien de tout cela ne doit filtrer. Le dossier est sécurisé. La réputation des compagnies aériennes est en cause, la fiabilité du transport, la bonne marche des relations franco-africaines et la sécurité générale du territoire. Enquête prioritaire.

21

« J'entrais dans son petit cabinet,
La mort y rôtissait des navets… »

D'abord s'occuper d'Alice… Léandra se débrouille bien en matière d'épilogues. Il n'y a pas vraiment de règles mais elle a tout prévu. Les fins de vie, elle connaît ça sur le bout des doigts après dix ans de présence quotidienne à la Villa Étincelle, après tant de conclusions programmées, redoutées, déplorées. Il s'agit de choisir. Dénouement, fin des douleurs, fin de la haine… Elle a même imaginé un rôle pour l'arme de service que ce balourd de brigadier Marc Faure croit inutilisable parce qu'il cache les munitions. Une fonction simple, efficace, conforme à l'esprit militaire. Il a fallu retrouver les balles et charger en douce le pistolet dans le bureau du chef, sous le tiroir cadenassé où elle a découvert le dossier Souad, décacheté l'enveloppe. Voilà les points de non-retour dont elle avait besoin, voici les déclencheurs : un meuble fracturé, une culasse à remplir, un cran de sécurité à lever, une enveloppe à ouvrir. Après ça on ne revit plus à l'identique... On entre dans le petit cabinet.

Dans le petit cabinet, les souvenirs.

Se rappeler, pourquoi pas, mais réfléchir le moins possible. Peut-être revenir à la marche éreintante du début, dans le Vercors, au vent qui lui caressait les reins avant de rebondir sur la crête Malaval, aux rafales dans le dos, entre le sac et le ventre d'Alice, aux deux sueurs mêlées, au bonheur d'être rafraîchie, prise de court, terrassée. Plus tard à la peau d'orange et aux sportifs du Club Alpin Français. À l'ange silencieux pendu à son aile bicolore. Toutes ces ombres bienveillantes, fugaces et dérangeantes... Et après, immédiatement après, Alice qui rit, Alice qui sent bon. Encore après... la peau des pensionnaires qu'elle n'arrive plus à changer. Le neuf et l'usé.

Fin du bavardage. À la porte de ce petit cabinet-là, on trouve de tout : la grâce et le renoncement à la grâce, l'émoi et la terreur. Léandra en a terminé avec la grâce. Elle approche du lit et regarde sa fillette endormie en confiance, une main sous l'oreiller, qui sourit et ronflote imperceptiblement. Elle pose le revolver sur la table, à côté de la lampe en plastique, derrière la peluche, et vient directement affronter sa fille. Tout est si calme dans ce visage tendre et gonflé. Elle effleure sa joue du bout des doigts, avec la pulpe de l'index, du majeur, et sait que toute vie doit basculer. Elle grimace, attrape son pistolet. La vie recommence. Léandra brandit le pistolet et Alice ouvre les yeux, comme si elle ne dormait pas la seconde d'avant. Yeux ronds, étonnés, confiants. Un sourire machinal, tendre, figé presque aussitôt.

– T'es triste, maman ?

– Pas triste. J'ai peur.

– Du pistolet ?

L'aide maternelle hausse les épaules.

– Pas moi. J'ai pas peur, maman...

Léandra ne peut retenir une grimace. Ses yeux la piquent, elle les frotte avec sa main gauche. La crosse s'est réchauffée dans la main droite. Elle sent que l'objet a pris place au creux de sa paume. Les stries du métal absorbent bien la chaleur. Les bosselures tiédissent, se calent à la perfection. Cet échange de température est insupportable. Elle s'appuie au mur. Alice lui sourit. Elle répond. Les deux sourires se ressemblent, navrés.

Marc avait bu comme un trou. Pas même un coup d'œil vers elle. Il claque la porte de l'appartement, va verrouiller celle d'Alice, se déshabille, balance son uniforme sur la commode du salon, enfile un haut de jogging et, cuisses à l'air, se met à louvoyer dans la pièce en fracassant les objets, en trébuchant partout. Il se paye la porte, gueule, s'affale sur le canapé, réclame son arme d'une voix caverneuse, jure qu'il va lui faire payer l'armoire défoncée, ne finit pas ses phrases, n'articule rien. Finalement, il repart, va s'ouvrir une bière, tombe à genoux devant le frigo, rote en réclamant son pistolet, gueule une nouvelle fois, sourdement, qu'elle est fichue, morte, puis disparaît à quatre pattes jusqu'à la chambre à coucher. Il revient cinq minutes après, appuyé à l'encadrement, un cauchemar, la moustache à demi rasée, le torse nu, un foulard en soie autour du cou, du rouge plein les lèvres et le bout de tissu jaune enroulé autour des reins, le tutu ras le bonbon. Il éclate de rire, écarte le tutu, montre ses jambes poilues et son sexe en érection, puis avance vers la télé, la branche, met le son à fond. Content de lui, Marc Faure. Trois pas de danse et il retombe sur le carrelage. Il écarte les jambes, claque l'élastique du tutu, rote à nouveau, se penche, déroule la bande de rétention qu'il porte au mollet droit – varices précoces, maladie professionnelle commune chez les gendarmes et les gardiens de la paix – et, d'un geste vif, incroyablement rapide et précis, attrape sa femme au poignet. Dès lors, il est à son affaire. Plus bourré du tout, le brigadier Faure. Plus rien du mari cocu et aviné. Il jette sa femme à terre, la bâillonne avec la bande Velpeau puis se met à la cogner méthodiquement en lui maintenant la tête dans la moquette, par les cheveux. Son poing frappe sans s'arrêter, surtout le cou et les épaules. Pas le visage. Elle se replie sur elle-même, se protège avec les mains, et il vise les cuisses, le sexe.

Il finit par se calmer, s'affale dans le fauteuil. Je vois ses doigts qui tambourinent sur l'accoudoir puis, au bout d'un temps, deviennent blancs, inertes. Je les fixe des yeux, me focalise sur cette main. Elle pend, striée de longues veines qui font peur, qui dégoûtent.

Je pense à ta peau si lisse, Jamil, tes mains sans veines, pas de bleu là-dedans, pas de vaisseaux. Uniquement cette couleur noire qui, une fois approchée, rend les autres tellement fades. Je me souviens des larmes coulant sur cette peau-là alors qu'on sortait de la nacelle en plastique rouge, que les gamins nous crachaient dessus. Des perles. Elles restaient accrochées, suspendues, puis roulaient d'un coup. Des billes de lumière.

– T'es triste, maman ?

– Je t'aime… Ça ne rend pas triste.

Léandra se penche au-dessus de la fillette, ses cheveux lui balaient le visage. Alice fronce le nez puis se dresse sur ses coudes.

– Alors t'es maigre, maman.

– Maigre ?

– Ça se voit. Tu t'es cognée. Je sais que tu t'es fait mal et je trouve maintenant que t'es maigre. Pas les cheveux, quand même. Ils sont pas maigres, les cheveux… Le reste. Les yeux.

Léandra lui sourit, lui dit de s'endormir, lui caresse la joue. Pas un pli. Alice se rendort à la seconde. Léandra récupère son pistolet, se penche à nouveau, applique la peluche sur le visage. La fillette marmonne dans son demi sommeil, ouvre de nouveau les yeux mais on ne voit que le blanc, en réalité elle dort, ne fait que récupérer son nounours et, aussitôt, se le plaque machinalement contre le nez, bien mieux que Léandra. L'enfant soupire. C'est un soupir heureux, témoignant d'un bonheur indiscutable au moment précis où l'aide maternelle ramène le pistolet sur la peluche. On ne peut toucher sans être touché.

Ses lèvres tremblent. Elle rabaisse son arme et reste là, bras ballants, espérant que le téléphone se mette à sonner, ou n'importe quoi, la sirène des pompiers, le portail de la gendarmerie. Au lieu de quoi, c'est Marc qu'on entend ronfler dans le salon, fesses à l'air, les hanches vaguement ceintes du tissu jaune citron déchiré, le ceinturon à la main… Il faut en finir. Alice la distrait, gémit dans son sommeil, étreint la peluche, pousse un petit soupir, lâche le nounours. Son visage se tourne, à plat sur l'oreiller, confiant, un peu chiffonné. Léandra l'observe avec une extrême attention. Le brigadier ronfle mais elle ne l'entend plus. Elle fixe les traits de sa fille. Oui, c'est ça, les cinq sens resplendissent ici, en tout premier, trouant le visage. Pas les cinq. Quatre. Quatre sens, quatre trous. Elle regarde sa fille endormie. Le pistolet frotte contre sa cuisse, bat une sorte de mesure, une pulsation. Elle regarde Alice, hésite, se redresse, se concentre tout entière pour appuyer sur la gâchette, mobiliser le plus possible d'images.

Les images, à l'instant. Marc Faure qui la tire par les cheveux, enlève son bâillon, lui force son sexe dans la bouche. Elle est à genoux, n'ose même pas serrer les dents sur sa bite, tousse, s'étouffe à moitié, crachote, avale de l'air mais ne mord pas, ne déchiquette rien, préférant se faire violer que d'entamer cet objet-là. Pas d'alternative. Il faut mordre ou se taire, mutiler ou perdre connaissance. Elle se tait, ne hurle pas à cause d'Alice, reste parfaitement lucide. Le sexe des hommes n'est le symbole de rien. Elle se fait violer mais continue de le protéger, ce sexe-là. On ne protège pas un symbole. Il est écarlate, piteux – le visage aussi –, fragile, tragiquement fragile. Pauvre Marc Faure... Pour lui, à ce moment-là, ça ne suffit pas. Il lui en faut davantage. Il s'extirpe de sa bouche, la retourne sur le ventre, la chevauche quelques secondes en haletant comme un chien, puis vide son sexe en trois secousses entre ses fesses. Après quoi il ricane, part vomir sa bière dans le lavabo et s'endort presque aussitôt avec le tutu dans les mains, oubliant tout, la violence, les obscénités, les coups de ceinturon, et même le pistolet qu'il a eu toutes les peines du monde à récupérer. Maintenant le voilà à sa merci. Il ronfle, les lèvres bariolées de rouge. Sa semence goutte le long des cuisses de Léandra. Elle serre les cuisses... Reste Alice, un joli masque de peau qui lui fait face, empli du dedans, gonflé, candide, troué quatre fois.

Tu te souviens de l'éponge à événements négatifs, Jamil ? Je t'en parlais souvent, non ?... Ça fait peur maintenant. Pire que le revolver et la porte du petit cabinet. Monsieur René est mort de ça. C'était comme une spécialité à la Villa Étincelle. On débarquait à l'hospice, on absorbait un par un les événements négatifs, on n'en repartait plus. À la fin on devenait un buvard, avec pas mal de déchets à absorber, pas mal de merde autour… Monsieur René disait que, dans ces cas, il faut lever le pied un bon coup et tout arrêter. Se mettre debout, raconter une dernière chose, regarder une dernière fois le paysage avec les yeux les plus candides du monde et stopper net. La dernière histoire, pour lui, a été celle du Porteur d'ombre. Ainsi, il m'a mise sur la voie. Ta voie… Maintenant je lui dois tout. Tu devines le reste, mon pilote ?… J'ai un revolver dans les mains, une fillette qui sommeille dans son lit. Et toi, mon amour, tu es où, tu attends quoi ?… Que je continue ?

Elle lève le bras, regarde sa fille et n'appuie pas, ne continue pas. La semence coule dans ses jambes et elle accepte cette réalité-là, le prix du viol, comme elle accepte la loi du pistolet. Elle fixe le petit visage somptueux, les trous tellement émouvants : les narines qui palpitent à la moindre odeur, le moindre souffle ; à côté deux oreilles aux formes invraisemblables, ourlées, préhistoriques, dont on doute qu'il y transite quelque chose de notre monde ; à côté des oreilles les yeux fermés mais animés de l'intérieur, bien vivants, leurs pupilles roulant avec lenteur derrière les paupières, attestant une fois de plus que la vie se célèbre d'abord du dedans, que le monde visible se déploie en premier lieu dans le huis clos du crâne ; enfin la bouche et les lèvres fines, bien dessinées, colorées à la perfection pour le goût, l'oxygène, la salive, le baiser… Peau idéale, visage idéalement abandonné au sommeil, percé par les quatre sens… Reste donc le dernier, le toucher, le seul sens réciproque. Je ne peux toucher sans être touchée. Elle essaie de lever à bonne hauteur son bout de ferraille. Œuvrer là-dedans, arrêter de souffrir d'un coup ?… Elle hésite, grimace, devient soudain très laide.

22

Voilà. J'ai emmené le tutu...

Un temps, je les ai laissés dormir tous deux comme des seigneurs, l'un à côté de l'autre dans l'appartement de fonction de Valréas, puis je suis revenue pour récupérer Alice. Mon mari ronflait. J'ai pris aussi le pistolet, et la voiture à cause du macaron. Avec ça je ne risque plus grand-chose, le véhicule est banalisé mais parfaitement repérable par les gendarmes. Peut-être aussi par les rescapés des trains d'atterrissage, les immigrés en cavale... J'ai un petit bagage, un baluchon rabougri, maigrichon. J'ignore encore où tu t'es réfugié mais, plus le choix, faut vérifier. J'avance sur des chemins tout juste carrossables, sans aucune idée de l'heure, sans aucune idée de ce que j'encours en fuyant ainsi avec ma fille. Il semble que la nuit est avancée elle aussi. Je serpente quelque part sous les crêtes de Montjoyer. C'est Driss qui m'a mise sur ta voie, tu te souviens, le beur des HLM, le type avec ses potes en mobylette, qui grattait son nom partout. J'ai imaginé ta planque en le voyant percuter le fût couché sur la semi-remorque. J'ai repensé aux hélices de Saint-Marcellin, à ce que tu disais déjà des nacelles. Ça été une révélation, Driss a percé la membrane, j'ai vu le jour pénétrer d'un coup dans le tube, j'ai vu les parois s'illuminer. J'ai vu ton éolienne debout, immense, accueillante.

Ça m'a rappelé la Villa Étincelle et les récits de monsieur René. Tu connais les stylites, toi, Jamil ?... les moines du désert, ces orants du début de la chrétienté, à demi fous, réfugiés en haut de leur colonne ? J'ai pensé à toi, maigre, illuminé. J'ai vu le tube debout et j'ai pensé à toi. Monsieur René m'en parlait souvent, des stylites, et moi je ne pensais jamais à personne. J'ai vu les deux cylindres de ferraille et j'ai regardé différemment le soleil qui triomphait à l'intérieur, la mobylette pétaradant, la fumée bleue. Ça va, Jamil ?... Tu n'en as pas marre de ces histoires d'ombre et de peau ?... J'arrive, je te rejoins. J'ai planqué la voiture sous un bosquet. J'ai mis des branches dessus. Me voilà en pleine nature, en pleine nuit, avec un pistolet, un bout de tissu jaune et Alice qui ronchonne sur ma hanche. Il suffit de lever le nez et de choisir au hasard. J'essaie d'ouvrir la première porte. Verrouillée... Pas grave, j'ai le temps. Je me détourne de la colonne, repars avec mon paquet dans les bras, parcours les trois cents mètres qui nous séparent du fût suivant, monte sur le socle en béton, tire le loquet. Fermé... Je file un peu plus loin, franchis la même distance, un trajet à pied sous la lune, où je me mets à courir, talonnée par la peur. Ridicule... Qui irait nous dénicher dans un lieu pareil ? Je suis vivante, n'ai tué personne – pas pu –, j'ai seulement l'arme de service avec moi. Stop. Il faut ouvrir le sac, éclairer la lampe de poche, balayer les arbres, repérer un buisson de genévrier assez épais, sur la droite, dense, sombre, très piquant, et balancer ce bout de ferraille qui me colle à la peau depuis le début de soirée. Silence. Alice a juste levé le nez. Ne plus penser à rien, rejoindre la nouvelle plateforme sans un regard vers le ciel, sans parler, sans réaliser que, déjà, quelque chose change imperceptiblement à l'est, au-dessus des montagnes. Nouveau socle en béton. Nouvelle entrée. Porte close…

Je continue, allégée.

Donc, au nord-ouest, en limite de la pénéplaine de l'Enclave des papes, s'étend le premier parc éolien du sud-est de la France, le parc de Montjoyer. Sa construction a suscité moins de polémiques qu'à Valréas car c'était encore nouveau, insolite. Le site est implanté au milieu des collines de la Drôme provençale, vingt-trois mâts piqués sur l'horizon entre les communes de Roussas, Rochefort en Valdaine et Montjoyer. Une véritable occupation des sols… Ça tournique nuit et jour mais tout le monde s'y est habitué. Les régions de vent seront bientôt couvertes d'hélices. C'est ainsi. Zone après zone, un tiers du pays aura ses lointains piquetés, griffés de peignes blanchâtres, ses horizons hérissés de lancettes. Je m'en fiche. Qui réfléchit au rôle des paysages dans ce pays, à la sauvegarde des horizons ? Je marche à grands pas sur la crête, déambulant au milieu de chênaies basses et noueuses où il fait plutôt froid. La lune est haute, Alice s'est endormie. Il n'y a pas un souffle de vent. Le ciel d'hiver, constellé d'étoiles, est limité au nord par ces vingt-trois sentinelles qui me toisent sans bouger, immenses, figées, avaleuses de bourrasques. La nuit est comme pétrifiée. Normal, j'ai voulu tuer. Ces guetteurs semblent tétanisés pour un temps infini. J'ai laissé tiédir le pistolet au creux de ma paume, tenté d'appuyer sur la gâchette, gardé les cuisses poisseuses. Au-dessus de moi, les étoiles scintillent.

Nouvelle porte, je la pousse sans hésitation. Fermée. Je hausse les épaules. Le terrain est pentu. J'entends de l'eau qui coule près d'ici, un ruisselet. En hiver les collines de Provence redécouvrent la pluie, les sols se gorgent de liquides. Je prête l'oreille sous la colonne gigantesque, écoute le gargouillis en songeant aux torrents du Vercors, cascades lumineuses et racées. Descendre la ravine, s'accroupir au-dessus de cette eau qui stagne, sorte de vasque remplie de feuilles mortes. Se laver. Je me sens sale et me nettoie. J'ai toujours peur, constamment. Je m'éclabousse les jambes au-dessus de feuillages qui sentent l'humus. J'ai envie de me laver le ventre mais n'ose pas, l'intérieur, le dedans. Encombrée du dedans, comme toujours, comme toutes les femmes. L'eau est glaciale. Violée, pleine de grâce et de défiance. Je me relève, renonce à m'asperger complètement. Rien pour me sécher, sauf le tutu. Le tutu, pas question.

Un chemin monte sur la droite, plus caillouteux, qui suit la crête et bascule vers Grignan. Tu n'es pas là, je le sens. J'ai froid aux jambes et Alice me file des crampes. L'éolienne numéro 17 se dresse près du ruisselet, un fût monobloc de quatre-vingts mètres de haut, d'un blanc lisse et crémeux qui luit sous la lune, avec une porte métallique à sa base rappelant les sous-marins. Je n'ai jamais vu de sous-marin. J'appuie sur la poignée. Porte close... J'envoie un coup de latte dans le battant et ça résonne bizarre à l'intérieur, fait mal aux oreilles, aux pieds aussi. Je réalise que j'ai toujours ces godasses gonflées de pluie, les mocassins du rond-point Hagard-hagard. Pied gauche meurtri. Je boitille sur quelques mètres, marche à travers la forêt, nouvelle porte. Éolienne 19. Je n'ai pas tué, j'ai juste pris mon manteau, ma fille et le tutu. Pas pu tuer. Je saute sur la plateforme, pousse un cri de victoire et tape du poing contre le sas en métal. Verrouillé. Ça sonne le creux. Sentinelle vide, fébrile comme moi, dressée sans raison dans le ciel nocturne, guettant le vent debout sur sa grosse tige. Comme moi. Jambes épaisses et tête dans les nuages. Comme moi. Je continue, dois tout visiter. À nouveau, quelque chose me persuade que tu es là, réfugié quelque part dans ces tourelles, dans un de ces moteurs suspendus. Je ne sais si on peut y monter mais ça te ressemblerait, de vivre dans une nacelle à hélices, en plein ciel. Éolienne 21. J'ai froid, je dois éclairer la lampe par intermittence, je tiens Alice dans ma main libre. J'ai les cuisses gelées. Rien sous ma robe, même pas de sous-vêtement. Telle quelle, telle qu'il m'a prise, violée. Le guetteur 21, gigantesque, se détache des autres, à l'écart de la forêt. Il donne le vertige.

Une bande de nuages s'effiloche au-dessus des pales et c'est soudain la lune qui se met à bouger, l'hélice qui tombe. Le fût oscille sur sa base, la tête me tourne, je me recroqueville au pied du mât, me bouche les oreilles, tape une seule fois sur la porte. Alice tape aussi. Je trouve ça émouvant de la voir taper avec moi sans comprendre. Ça résonne et je me mords les lèvres. J'aurais mieux fait de conclure, à la gendarmerie. Le pistolet de Faure aurait fait l'affaire, j'aurais commencé par ma fille, puis mon violeur, puis la violée. Pour le faire, je ne serais pas repassée. Personne ne repasse jamais. Nulle part... J'ai envie de pleurer. Je pleure là, concentrée. Les larmes me concentrent. Je suis accroupie sous la colonne.

Maintenant, voilà, j'arrête.

Je vais laisser le tutu sur la poignée, seulement ça. Tutu jaune citron noué comme un pagne à la serrure de l'éolienne 21, sans raison, pour la beauté du geste. Après, je vais dormir. Ce dernier geste et je vais dormir. J'ai les jambes trempées, les mocassins spongieux, le sexe en bois. Je pose ma fille sur le béton. Elle ne réagit pas, me regarde faire en suçant son doigt. Je noue le tutu à la poignée, le fait redescendre sur le battant, l'arrange un peu et aperçois au ras du sol une sorte de lamelle en plastique coincée dans l'encoche de la porte. Je me baisse, l'attrape machinalement, la remonte – déclic –, et reste avec ça entre les doigts. Le battant s'entrouvre, la porte bâille sans bruit puis revient dans le cadre. Je déchiffre à toute vitesse le bout de plastique – carte de crédit – tout en coinçant ma chaussure dans la butée. Mocassin droit. Élancement dans le pied de nouveau, le droit, et toujours mal au crâne. La carte est coupée dans le sens de la longueur. Pas de puce, pas de nom.

Noir. J'attrape Alice et on entre, on s'appuie à l'intérieur, contre la paroi métallique, laissant la porte se refermer toute seule. Jet de lumière avec ma lampe : sol grillagé, armoires électriques, clignotants de partout, une longue tresse de câbles au centre, noirâtre, presque menaçante, un peu de vent qui semble venir d'en haut, une brise. La petite se blottit contre moi. Je repère tout de suite l'échelle à gauche de la porte, premier barreau à moins d'un mètre, des cerclages d'aluminium au-dessus, qui luisent sous la torche. On n'en voit pas le bout. Je sens comme une odeur de terre sous les pieds. Je suis pétrifiée par ces parois de métal à l'infini… L'odeur de terre est assez rassurante, le reste glace le sang. Je pose les mains partout, touche la tôle, m'appuie dessus, c'est froid, cintré, impersonnel au point que les relents d'humus me semblent d'un coup parfaitement déplacés. Je me bouche les yeux, hume l'intérieur de ma paume mais ça ne rassure pas non plus. Pas du tout. Ça sent l'autre, le brigadier, le sexe. J'ai de nouveau très peur.

Intruse, criminelle ratée, amoureuse. Tu es là ? Je me manifeste, appelle, appelle à voix haute, appelle fort, ça résonne dans tout le tube et je n'entends que ma propre voix. Ensuite, très doux, très loin, se mêlant à l'écho, un chuchotis… Le vent nous caresse et ta voix s'éloigne, devient presque inaudible. Je me précipite sur l'échelle, Alice s'appuie avec moi, on tremble toutes les deux. Appuyée à la ferraille, j'entends un peu mieux. Je prête l'oreille et la phrase que tu prononces – ta phrase – semble claire mais vraiment idiote, complètement idiote.

– Attention aux clefs prisonnières !

Les yeux me piquent, je me mets à pleurer. Je suis ridicule… Pire que la phrase.

– Ne bouge pas, Léandra. C'est dangereux. Réinstalle d'abord la carte.

Je me baisse, remets la MasterCard dans l'encoche, presque au niveau du sol. Nouveau déclic. La petite s'éloigne de moi, je la vois gratter le long du tube. Nouveau chuchotis. Le visage d'Alice s'éclaire. Ta voix revient.

– Bonjour Alice !

Je t'entends rigoler de très loin.

– T'as emmené des frites ?…

Elle est sérieuse. Il se marre. Ça m'énerve. Il arrête.

– Faut vraiment s'occuper de l'armoire et des clefs prisonnières.

Je ne comprends rien, je crie que je n'y comprends rien, ma voix tourne dans le fût et je n'entends plus un mot. Brouillé. La vibration s'atténue, j'entends à nouveau. Je comprends qu'il m'ordonne de ne pas gueuler, me placer simplement le long des barreaux, sous les cerclages, et m'exprimer à voix basse, distinctement, en appuyant la joue contre la paroi. C'est un chuchotoir, il y en a dans les cathédrales. Je lui murmure que je ne sais pas ce qu'est un chuchotoir. Il répond qu'on s'en fout. Je perçois les paroles qui s'écoulent sur ma gauche, le long du tube, contre les barreaux métalliques. Je lui souffle que je l'aime. J'entends son rire, un beau rire étranglé mais confiant, qui m'enrobe comme de l'eau.

– Ouvre l'armoire.

Il faut se dépêcher, il m'explique qu'il y a une temporisation dans le système de sécurité, que je vais tout faire foirer si je reste en bas à attendre. J'aime qu'on me parle ainsi à l'oreille, je n'en reviens pas d'entendre la voix de Jamil si proche, si palpable. J'obéis, ouvre l'armoire, tape le code qu'il me chuchote, tourne la première clef dans le sens des aiguilles d'une montre, recule sous le cerclage pour noter le deuxième code, débloque la deuxième clef, ainsi de suite jusqu'à celle du bas, la plus grosse, que je glisse dans son encoche après avoir dévissé une manille nickelée qui rappelle les potences des chambres médicalisées à la Villa Étincelle. Déclic. La plateforme s'éclaire violemment. Je lève la tête. Les barreaux de l'échelle se perdent dans le noir.

– Tout va s'éteindre dans trois minutes. Commence à grimper tout de suite. L'alarme est désactivée. Tu as une lampe ?

– Viens nous chercher, Jamil…

Je l'entends dire que c'est impossible. J'appuie ma joue et lui chuchote que j'ai peur. Il répond qu'il va m'aider avec sa voix. J'attrape le premier arceau, j'attrape Alice, me rétablis sur les échelons. Alice me double et grimpe. Je vois ses petites fesses s'élever.

23

Comment je suis arrivée en haut, mystère… Il a fallu me rétablir sur la plateforme, m'extirper des arceaux, refermer le trapon, basculer à l'intérieur, trouver tes bras, m'y blottir, me laisser bercer. Alice, entre mes genoux, haletait comme un petit animal. Tu me caressais le visage, tu ne t'occupais que du visage… Néant, nacelle. Quatre-vingt-dix mètres d'ascension dans le noir, rivée aux parois du guetteur 21, le ventre comme un galet.

Quatre-vingt-dix mètres. Ta voix à gauche, dans le chuchotoir, le vide autour, cette enfant à hisser barreau après barreau, qui a peur, ne pleure même pas… La tôle vibre, tes mots résonnent dans le tube. Tu m'expliques que tu dois neutraliser chaque alarme depuis la nacelle et que, si tu nous rejoins, ça clignotera immédiatement au tableau de contrôle, qu'on sera découvert dans le quart d'heure. Je ne réponds pas, continue à grimper le long du mât. Tu m'accompagnes. Alice respire fort, accrochée à mon cou. Tu nous encourages aussi avec tes doigts, en tapotant le tube, affirmant qu'on peut frotter le métal, presque le faire chanter à la demande comme un verre à pied. Le son est mat, voilé, un bourdon. Ça me fait sourire. Un instant, je t'imagine penché sur ta colonnette, mon Jamil, perché en haut d'une gigantesque flûte de champagne, un cristal à hélice dans le ciel nocturne. En fait, je vois des bulles partout, j'ai soif, monte mécaniquement... Mes lèvres sont sèches, je les trouve sèches, on arrive enfin à un palier, je me rétablis dessus, me penche dans le trou, ne vois rien d'autre qu'un cylindre creux, effrayant... Je transpire et grelotte à la fois. Je pose Alice sur le sol en grillage du palier, cherche ma respiration, arrange les habits, mon pull, ma robe déchirée et là, pour la première fois, le cœur battant, je réalise mon erreur. Fichus. Je me précipite sur l'échelle et me mets à gueuler que je me suis trompée. Je me cale entre deux arceaux, prends la lampe dans ma bouche, attrape ma fille. Calme-toi, Léandra. Il parle à voix basse. Je lui crie que je m'en fous. Il arrête de parler, le son s'atténue, je crie de plus belle et lui, là-haut, ne comprend rien. Je lui parle du tutu, je lui gueule le mot tutu et lui ne m'entend même pas. Il veut que je continue l'ascension, il ne réalise pas que le tutu est resté coincé sur la porte. Fichus, Jamil. On est fichus. Je laisse Alice sur la grille, avec ma veste comme couverture, lui dis de fermer les yeux, se mettre en boule, m'attendre là sans bouger.

Je redescends malgré le vertige. J'ai les jambes en

plomb, suis déjà morte de fatigue. Jamil tambourine la tôle. Insupportable. Je sais que c'est pour Alice, pour la distraire, je lui demande quand même d'arrêter son truc. La vibration s'assourdit, bourdonne une seconde dans le cylindre puis s'éteint. Alice chuchote qu'elle a peur. Je l'entends comme si elle était à côté de moi. Silence complet. Je descends les derniers barreaux à toute vitesse. Me voilà en bas, essoufflée, le bide plaqué à la paroi pour essayer de parler de nouveau à ma fille. C'est vrai, j'ai maigri… Je me tâte le ventre. Je souffle à Alice que j'ai maigri. Oui, maman, t'as maigri mais je veux dormir, j'en ai marre… Je l'embrasse comme je peux, de loin, le nez contre l'échelle, puis explique posément à mon ange, là-haut, sans gueuler, sans m'énerver, que j'ai laissé un bout de tissu sur la porte d'entrée, un habit jaune citron qui va nous signaler à trois kilomètres. Je dois donc rouvrir le sas, remettre en place la carte de crédit, actionner à nouveau les clefs prisonnières, reprendre tout ce processus de merde. Il m'embrasse. Tout le monde s'embrasse sans se voir, ici. Personne ne se touche. Je marmonne quelques mots sur le sens réciproque et il laisse passer un silence, un long silence. Alors je sens qu'il m'écoute attentivement et je lui dis que Marc m'a violée. Le silence continue. Je l'entends respirer dans le tube. Il m'aime. Il y a une telle présence dans ce tube vide, une telle humanité, tellement de compassion dans ce carcan de métal, que tout me paraît d'un coup limpide. Je reste avec lui.

Il faut tout recommencer à zéro. Je suis une à une

ses indications, réalisant à peine que quelque chose est en train de changer dehors. Enfin, quelque chose, presque rien… Seulement une bande de ciel à l'est, une languette bleutée sous les montagnes, à peine moins sombre, une promesse de clarté qui fait trembler de joie. Je me mords les lèvres. Je me dis qu'à force de les mordre pour un rien, elles vont gonfler comme des pneus. Je sors dehors, m'assieds une seconde sur le béton, balance la tête dans le froid, au pied de l'éolienne 21, à m'étourdir.

Je suis remontée tant bien que mal. La lampe de poche a glissé au moment où j'atteignais le palier intermédiaire. Elle a rebondi contre l'échelle et filé dans le puits. Explosion quarante mètres plus bas, sur le socle, devant l'armoire aux clefs prisonnières. Un éclair, un son de ferraille déglinguée. Après, le vide sous les pieds, l'obscurité… Tu m'as envoyé la cordelette, j'ai attrapé la petite sur le grillage, ai voulu l'attacher avec mais tu me l'as interdit, impossible de tirer quelqu'un de cette manière. Nous avons recommencé l'ascension l'une contre l'autre. Pas autour de la taille, Jamil, la corde, entre les dents, ça allait plus vite, ça me hissait. Tu m'as tirée mètre après mètre. Drôle de poisson. Cinq cent trente barreaux d'aluminium strié, antidérapant, le long d'une colonne évidée, avec cette ficelle dans la bouche et une phrase dans la tête, une seule, que tu me répétais doucement, avec ta voix altérée : « Pouvoir c'est vouloir deux fois ».

– Léandra, tu m'écoutes ?...

Des aphtes partout. Mal à la tête. Il me remonte, répète que pouvoir c'est vouloir deux fois, ne me laisse pas répondre. Je m'en fiche. J'ai le vertige. Je mords le mâchon. Je tords la bouche vers le haut.

Me voilà dans une chambre lisse et allongée, remplie d'armoires qui clignotent. Un peu de clarté filtre des murs, qui semble venir de l'intérieur. Il me demande si je veux l'électricité. Je secoue la tête, tremble encore de tous mes membres. Il me berce en répétant que j'ai été très courageuse. Je serre toujours la corde entre les dents, il s'en rend compte, essaie de l'enlever, je crispe les mâchoires, ne comprends pas ce qu'il triture là, dans ma bouche. Le sol est tiède, bosselé, les murs ovales, encombrés d'appareils mais ça ne me gêne pas, les appareils. Je finis par desserrer les lèvres. Jamil ôte la ficelle toron après toron. Je me mets à tousser, à cracher. Je regarde autour de moi. Un réchaud, des couvertures, une paire de jumelles, les chaussures de montagne, des outils. Les chaussures de montagnes me font plaisir. Je les reconnais.

Au bout de la chambre, une protubérance ovale, assez profonde, avec une couronne et trois tubes autour, immenses, effilés, aplatis. Je ne comprends pas ce que je vois, désigne l'alcôve tronconique et les pales immenses piquées dedans. Tu attrapes mon doigt tendu, le serres, fermes mes yeux, embrasses mon index. Baiser de la princesse. Ça rappelle nos débuts. J'oublie où je me trouve. Tu continues par les autres doigts, un par un, avec une ferveur que j'avais oubliée. Je souris. Tu n'embrasses que la pulpe. Je me sens épousée.

Je voudrais que tu n'en aies jamais fini avec les mains avant de raconter ce que je dois à toute vitesse : l'enquête, le caleçon d'Aix, l'arme de service, le viol réussi, le crime raté, l'ouverture du sens réciproque qui manque aux visages, ma course dans la campagne et toi, Jamil, surtout toi dont j'ai su le destin depuis tant de jours, toi mon Porteur d'ombre, mon amour. À ton tour tu me racontes ta cavale depuis Saint-Andéol, ta planque ici, dans la nacelle, là où personne ne peut nous retrouver. Et comme il vient peu à peu de la lumière je comprends ceci : nous sommes suspendus en plein ciel, un refuge inviolable, cent mètres de haut, en fibre, avec cette alcôve, pièce centrale, un moyeu gigantesque, évidé, immobile. Nous ne risquons rien. Les pales de l'hélice pointent sans ordre, creuses, trente mètres de long. On peut descendre à l'intérieur. Tout ici est creux et inactif. Météo parfaite. Avec du vent dehors, même un soupçon de brise, je ne serais jamais montée.

Le jour point. La paroi de l'éolienne ressemble à une peau. Je suis assise dans les jambes de mon pilote, contre son ventre, ça rappelle le parapente. Je chuchote que je n'ai pas peur de l'éolienne, que j'ai seulement peur de l'obscurité, que je me sens sale, souillée. C'est curieux, on continue à parler à voix basse. Jamil s'en fiche. Alice a les yeux grands ouverts. J'évoque Yaguine et Fodé. Là, il hausse un peu la voix, dit qu'ils sont tombés sur le pire avion, qu'il connaît leur histoire, leur testament. Anri Bertrand ?... L'Airbus d'Air Afrique, le rescapé sénégalais renvoyé en rapatriement sanitaire... Oui, bien sûr, Léandra. Et tous les autres. Il demande d'arrêter ma litanie, me caresse le front et les cheveux, ajoute la pièce manquante : monsieur René. Mon pensionnaire de la Villa Étincelle avait tout deviné lui aussi. Il est mort à l'heure voulue, comme il l'a voulu, dans le vent des montagnes, après avoir ri comme un enfant. Je m'appuie sur mon Porteur d'ombre, l'interroge une dernière fois. Je veux savoir si monsieur René a souffert. Il secoue la tête. En fait Jamil se marre en secouant la tête. C'était un vol magnifique. On était comme des gosses au-dessus du Mont-Blanc, on s'amusait. Et dans le train d'atterrissage, Jamil ?... Il ne répond pas mais je sens qu'il se crispe. Il veut me raconter une toute dernière histoire, drôle cette fois. Je l'entends se détendre, glousser. J'aime assez qu'il se tienne là, dans mon dos, et qu'il rigole en commençant son histoire drôle. Si on ne rigole pas au début, elles ne sont jamais vraiment drôles, les histoires. C'est exaspérant.

Je n'écouterai pas son histoire. Je dois m'occuper d'Alice qui réclame à manger. Y a pas de frites. Va pour le chocolat. Ma fille bâfre la moitié d'une tablette puis s'endort d'un coup. Je l'installe sur la couchette, la couvre avec ma veste. Et il se passe encore ceci : brusquement la nacelle s'éclaire. Les parois deviennent luminescentes. Alice dort sous ma veste et, moi, je me retrouve dans une matière chatoyante, lumineuse, très insolite. La nacelle se met à vibrer de toutes parts. Jamil se dresse, dit que c'est le moment. Je me lève sans hésitation, le suis bras écartés. Je n'en crois pas mes yeux, cette nacre au sol, ces coulées de lumière partout. La pièce est irisée du dedans. Je repense un instant à la Villa Étincelle, la mal nommée, et Jamil annonce que le soleil est en train de se lever, que la nacelle luit comme du miel et qu'on pourrait faire l'amour. Je refuse, je suis toujours poisseuse. Mon ange s'avance jusqu'à l'alcôve, l'hélice gigantesque dont les pâles plongent à droite, vertigineuses, dorées à l'intérieur. Il me dit que la fibre de verre laisse passer le jour, que nous sommes en plein ciel, que nous allons nous aimer dans le soleil naissant. Je suis sale. Tu commences à me déshabiller, tu ne fais rien de plus. Un craquement, l'espace se met à bouger, la structure oscille.

Je me tourne vers Alice, la trouve à nouveau éveillée et, là, je ne comprends plus du tout ce qui se passe… La petite saute sur ses pieds, s'approche de moi avec un air grave que je ne lui ai jamais connu et, de ses doigts, de ses mains résolues, potelées, innocentes, elle aide à me dévêtir complètement. Elle le fait avec solennité, sans dire un mot. Je sens ses doigts frais partout sur ma peau, je flageole. Me voilà entièrement nue.

– On reste ?…

Elle acquiesce. Vous m'appuyez tous deux contre la paroi et entourez mes épaules avec la couverture. Ma fille retourne immédiatement au lit, s'endort presque aussitôt. L'habitacle est baigné de lumière, de la nacre partout. Tu m'embrasses la nuque, en fait tu passes ta langue à la naissance de mes cheveux. Je laisse faire. Je n'aime pas mais je laisse faire. Tu poses le menton sur la couverture et chuchotes qu'il faudrait lécher partout, me nettoyer, glisser la langue dans le moindre recoin sans réfléchir, surtout là où j'ai eu le plus mal, là où j'ai souffert, là où il m'a violée, comme le font les enfants et les animaux. Je secoue la tête, je dis non. Pas les enfants.

Il passe le doigt sur mes sourcils, autour des yeux, puis m'emmène sur la couronne, en fait le cœur de l'éolienne, l'alternateur. Je m'appuie à lui. La nacelle bouge, je ne veux pas que ça bouge. On escalade le retors, échelette, main courante, une sorte de chemin de ronde étroit et plastifié qui s'incurve au-dessus du cône luminescent. Je sens que la sentinelle 21 retrouve vie. Une des pales plonge à contresens, pas la jaune, la sombre. La nacelle vibre puis se place au vent. Mal au cœur. Jamil me tire jusqu'aux derniers barreaux, quatre, pas davantage, scellés sous le dôme, débloque un petit vantail mobile, le pousse. Le ciel se déverse dans la bulle de lumière, limpide, glacé.

Je sors la tête, m'agrippe à l'extérieur. Il y a des traces d'avions partout, très lumineuses, des virgules de lumières qui s'entrecroisent à l'infini dans le ciel de l'aube. La coque est parfaitement lisse, galbée. Tu t'agrippes à mes hanches. Tu attrapes mes hanches et je me mets à pleurer. Tu me lâches, ne fais pas un geste de plus, me parles seulement du zéphyr, du grand zéphyr amoureux qui se lève ici chaque matin. Mes yeux sont attirés par un petit robot à hélice, derrière moi, avec un lumignon orange, fragile, qui se met au vent lui aussi. L'anémomètre. Le soleil se lève au-dessus des collines. C'est calme, époustouflant. Les pales commencent à bouger, la nacelle ronronne comme un chat et je reçois un peu de pluie sur le visage. Tu dis que c'est la rosée de la nuit déposée sur les pales. Ça fait des gifles d'eau les unes après les autres. Ça nettoie bien. Ça nettoie complètement. Alice ronflote. C'est très doux, insolite.

« … Et, dans ce cas, nous les Africains, surtout les enfants et jeunes Africains, vous demandons de faire une grande organisation efficace pour l'Afrique. Donc, si vous voyez que nous nous sacrifions et exposons notre vie, c'est parce qu'on souffre trop en Afrique et qu'on a besoin de vous pour lutter contre la pauvreté et pour mettre fin à la guerre en Afrique.

Néanmoins, nous voulons étudier, et nous vous demandons de nous aider à étudier pour être comme vous en Afrique. Enfin, nous vous supplions de nous excuser très très fort d'oser vous écrire cette lettre en tant que vous les grands personnages à qui nous devons beaucoup de respect.

Et n'oubliez pas que c'est à vous que nous devons nous plaindre de la faiblesse de notre force. »

Yves Bichet dans Le Livre de Poche

La Papesse Jeanne n° 30843

Elle est belle, guerrière, amoureuse. À quinze ans, elle se fait passer pour un homme, devient moine, puis gravit peu à peu les échelons du pouvoir clérical et, en plein Moyen Âge, est élue pape. Dans ce roman, Yves Bichet, l'auteur de *La Part animale*, des *Terres froides* et du *Porteur d'ombre*, nous restitue dans ses moindres détails la plus fameuse imposture du premier millénaire. Il donne corps à ce personnage mythique, la papesse Jeanne, qui, en 855, au moment où l'Islam attaque l'Occident, s'installe pour quelques mois sur le trône de Pierre.

Du même auteur :

CITELLE, poèmes, Cheyne éd., 1989.

LA PART ANIMALE, roman, Gallimard, 1994, Folio, 2006.

LE RÊVE DE MARIE, poèmes, éd. Le Temps qu'il fait, 1995.

CLÉMENCE, poèmes et proses, éd. Le Temps qu'il fait, 1999.

PEAU NOIRE, PEAU BLANCHE, Gallimard jeunesse, 2000.

LE NOCHER, roman, Fayard, 2000.

LES TERRES FROIDES, récit, Fayard, 2000.

LA FEMME DIEU, roman, Fayard 2001.

CHAIR, roman, Fayard, 2002.

LE PAPELET, roman, Fayard, 2004.

LA PAPESSE JEANNE (LA FEMME DIEU, CHAIR, LE PAPELET), reprise en un volume, Fayard, 2005 ; Le Livre de Poche, 2006.

- le **catalogue** en ligne et les dernières parutions
- des **suggestions de lecture** par des libraires
- une **actualité éditoriale permanente** : interviews d'auteurs, extraits audio et vidéo, dépêches…
- **votre carnet de lecture** personnalisable
- des **espaces professionnels** dédiés aux journalistes, aux enseignants et aux documentalistes

Composition réalisée par FACOMPO (Lisieux)

Achevé d'imprimer en novembre 2008, en France sur Presse Offset par
Maury-Imprimeur - 45330 Malesherbes
N° d'imprimeur : 142196
Dépôt légal 1re publication : décembre 2008
LIBRAIRIE GÉNÉRALE FRANÇAISE - 31, rue de Fleurus - 75278 Paris Cedex 06

31/1868/4